陰界黑幫

9

Mafia of the Dead

自序

第九集了耶。

正在寫這篇序的時候，剛好是農曆過年，時間推算，目前的速度剛好是一年一本。這一年無論是工作或是寫作，都調得慢了些，主要是身體最近有了些毛病，所以休息一下，休養一小陣子之後再出發。

我很喜歡寫故事，超喜歡的，雖然知道自己的文字不夠洗鍊，詞藻不太豐富，錯字頗多（真的需要編輯多幫忙讀者多擔待），但請相信我，我是懷著一顆充滿誠意的心去寫的，事實上，我自己也從故事中得到了許多許多。

寫故事對我而言，就像是一場心靈與現實之間的尋寶，尋的寶名字就叫做「靈感」，當靈感不足時，日常生活中家人或朋友的一句話，往往就能觸動劇情的關鍵，然後繼續往前推進。

而當自己以為拿到了靈感鑰匙，抽空檔坐在書桌上開始打字寫故事，又常常經歷失敗與挫折，懷疑這把鑰匙是否真能使用？不過，當每次突破靈感困境，繼續推進到下一個章節時，那種痛快與開心，又讓人無比著迷，甘心為下次的靈感困境繼續苦惱，抓頭髮，四處尋寶……直到一本書終於完成。

然後，又是一年過去。

寫故事的過程中，快樂的事物不只如此，最近幾年最棒的事，莫過於小學五年級的女兒也成為了我的小讀者，每次我寫完一段，她就會躡手躡腳地走到我旁邊，小聲地說：「爸爸，有新的進度嗎？」

「有。」為了不讓她失望，每週都得有新東西滿足她。

然後，她會開我的電腦，找到最新的一段，花十分鐘讀完，然後跑來找我說：「爸爸我看完了，期待下一回合！」

我的每個故事，〈地獄〉系列，〈陰界黑幫〉，〈公元六千年異世界〉等等，她全部讀完了，偶爾還會跑來和我討論劇情，甚至是學她媽媽抓錯字。（請參閱前面的序，我有一個本業是編輯的老婆。）

最近，連小學二年級的弟弟也加入了閱讀的行列，他從有注音的作品入手，後來因為沒注音的看不懂，就開始拜託爸爸講故事。

於是，每當我完成一個有趣的片段，我就會預告：「今天晚上有新劇情，大家早點上床，準備聽故事。」

然後，我就會嘗試用說的，把我喜歡的片段說出來。

最後，就在他們聽完故事後，嘰嘰咕咕的討論聲中，悄悄熄燈，全家一起進入了夢鄉。

這就是現在的我，過著小小的、平凡的生活，辛苦也有，擔憂也有，一種胸無大志的平穩日子。

我悄悄地許下心願，希望我可以一直說故事，想故事，一直到很老很老，那一定是一件很幸福的事情吧。

Div

陰界黑幫 9

Mafia of the Dead

「相傳紫微星系共有一百零八星，又以十四星主掌夜空，其影響國家興亡，個人運勢甚鉅，其為紫微、太陽、太陰、武曲、天同、天機、天府、天相、天梁、破軍、七殺、貪狼、巨門與廉貞是也。」

前言

每個「易主」的開始，都會有幾個令人難忘的時刻，此刻就是如此……

超過三千具陰魂屍體，橫躺在這巨大的舞台之前，他們死前的表情複雜，又是激戰之後不免一死的遺憾，卻又帶著酣飲美酒後的滿足。

因為，他們死於他們最愛的事物，歌之酒中。

這三千具屍體之中，又有一具屍體最為獨特，他手已斷，腳已殘，胸口一道矛傷，更因為死前的巨爆而讓他面目全非。

但他殘缺到無法分辨的屍體，卻沒有半隻貪吃的陰獸敢靠近，將食物與能量視為一切的陰獸，彷彿帶著一股崇敬之意，維持著與這具屍體的距離。

他是誰？

他，是十四主星之一的巨門星，天缺老人。

以他腐朽之軀，獨自狂戰數名頂尖好手，兩大十二陰獸，甚至是另外兩名主星，太陰星月柔與貪狼星黑白無常。

最終天缺老人壯烈而亡，更替陰界的「易主時刻」，寫下新舊世代交替的壯烈篇章。

而完成這最後一擊，寫下這篇章的最後一行的男人，「柏」，更將領下這份宿命。也就是被萬名道幫幫眾追殺，同時成就柏的另一個天命，破軍之命。

這場演唱會，同時也掀起陽世的另一股波瀾，歌唱大賽進入四強決賽，一首〈夜雪〉破紀錄地連唱了三次，將聽眾們的心靈與記憶，帶向無比幽深無盡的黑夜中。

幸好，蓉蓉的最後一次〈夜雪〉，如同賜予疲倦旅人的荒野小店，店雖小，但酒卻暖入人心，給了聽眾靈魂再次踏上旅程的勇氣。

全場一致通過，這場高潮迭起風波不斷的歌唱比賽，最後王者的桂冠……頒給了蓉蓉。

但也在此刻，令人訝異惋惜的事情發生了，那就是蓉蓉在唱完〈夜雪〉最後一個音符後，突然昏厥，醫院檢查無礙，但蓉蓉卻怎麼樣都無法甦醒！

小靜知道事情有異，卻毫無辦法，直到她發現，「小虎」竟端坐在蓉蓉的病榻邊……

「小虎」，這隻神秘的虎斑紋小貓，能否能帶領小靜，找回蓉蓉迷失的靈魂？

另一頭，演唱之外，另一條支線的發展也奮力往前奔馳著，琴為了回報小曦的救命之恩，決定與光頭，不，是莫言踏上偷竊之旅。

而且這次要偷的，還不是普通的地方，那裡是三大黑幫之首，「僧幫」，十四主星中最強的太陽星地藏的所在地。

琴與莫言，又會遇到什麼險事？不只如此，神偷莫言知道此地太險，找了最佳拍檔卻也是令琴退避三舍的人物，鬼盜橫財。

橫財回歸，到底是吉是凶？又會引發什麼更可怕的事件？琴他們真能突破低調百年的僧幫防禦？偷出解開周娘的咒術嗎？

欲知詳情，請看，陰界九。

楔子

蓉蓉有個秘密。

這個秘密，蓉蓉沒有和任何人說過，包括她的爸爸，包括她演唱 Pub 的老闆，她歌唱比賽的戰友們，甚至是她最親密的朋友，小靜。

她不說，倒也不是因為她有心隱瞞，心存惡意，她不說，是因為這秘密太過奇特，連蓉蓉自己都是七分不信，所以她才選擇秘而不宣。

這秘密是什麼呢？

是她曾經救過一隻鬼。

那是在那個百年難得一見颱風降臨這個島嶼時，蓉蓉偶然遇到的。

狂風中，大雨裡，小靜拉著蓉蓉到外頭唱歌，她們兩個人以風聲雨聲為伴，盡情歌唱。歌聲有如絲絲美酒，蜿蜒而上，彷彿正治癒著颱風中死戰不休的戰士。

也就在她們終於唱到一個段落，小靜願意回家時，蓉蓉感覺到，有什麼東西從天空墜下，然後掉到了她的左邊肩膀上，黑黑的，濁濁的，像是一團殘破不堪的靈魂。

蓉蓉看了看自己的左邊肩膀，除了濕透的袖子外，其實空無一物，但那奇特的感覺又是什麼？

蓉蓉有些遲疑，她拿起了隨身攜帶的熱水壺，旋開蓋子，靠近了自己的左邊肩膀，她感覺到那團黑濁的靈魂，順著她的肩膀弧線，緩緩滑入了熱水壺之中。

於是，蓉蓉就將這熱水壺帶了回家，回到家中，她並沒有和任何人說起這件事，也沒有再用熱水壺裝水，只是把水壺擺上了餐桌。

甚至，蓉蓉幾乎忘記了這件事，直到第二天……蓉蓉心血來潮，邊整理東西，邊唱歌時……

她竟然發現，水壺內的「它」竟然有了反應，有如小老鼠般，探出一個隱隱約約的影子。

蓉蓉唱得越是高昂，越是投入，它也隨之起舞，左右搖擺，有如以歌聲為酒，飲酒作樂著。

蓉蓉感到驚奇，但她幾次拿起熱水壺，用一隻眼睛往內端詳，卻又空無一物，對它說話，更是毫無反應。

只有唱歌，只有當蓉蓉以她「夜之女王」的渾厚低沉嗓音，盡力唱歌時，她就能鮮明而清楚地感覺到「它」的存在。

「它」到底是什麼？

它是一種意識嗎？一種妖怪嗎？或是蓉蓉歌唱比賽壓力太大而產生的幻覺嗎？又或者，它是一個來自陰界的亡靈？

蓉蓉的直覺告訴她，最後一個推測最為接近答案。

它，是亡靈。

在颱風天因為蓉蓉的歌聲而墜落在她身邊的亡靈，它在此短暫休養，終有一天會再離去。

蓉蓉倒不覺得害怕，因為她發現，這是一個喜歡聽她唱歌的亡靈，每當蓉蓉一個人在屋內高聲唱歌，唱著自己真正想唱的歌，唱得暢快淋漓，唱得委婉悲傷，她總會發現，這抹亡靈，悄然從熱水壺中探出了身子。

它，一定很愛聽歌吧。

而且隨著時間過去，蓉蓉發現這亡靈似乎有了變化，它似乎變得更大了，但是變大之餘，卻也變得更不清楚，更若有似無了。

彷佛，它的休息已經足夠，轉眼就要離去。

而蓉蓉的推測，就在比賽前的那個晚上，得到了證實。

那天晚上，蓉蓉彷佛有了什麼預感，她開始練習一首她絕對不會練習的歌，那首歌……叫做〈夜雪〉。

蓉蓉不是不知道〈夜雪〉的可怕，更深知這首歌若是一個人在房間獨唱，那深不見底的憂傷與黑暗，容易將歌者反噬。

但蓉蓉還是唱了，因為她不認為自己是一個人，她，還有一個可愛而神秘的聽眾……正是熱水壺內的亡靈。

於是，蓉蓉唱起了〈夜雪〉，那一晚，窗外彷佛下起了雪，冰冷而寂寞，孤單而深沉，蓉蓉的眼角餘光發現，熱水壺裡的它已經爬了出來。

歌聲中，一雙手，抓著熱水壺的邊緣，撐起了壯碩的身體。

歌聲中，身體不斷往上拔高。

歌聲中，身體的高度越來越高，而且，它的腳，也從熱水壺中跨了出來。

歌聲中，它兩隻腳都已經踩了出來。

歌聲中，它彎下身子，用手捧住了某種東西，像是泡泡般的東西。

而且，臉雖然始終模糊不清，卻可以看見一個幅度極大的咧嘴笑容，笑容中用力吸吮著那個泡泡。

歌聲中，它放聲大笑，無聲但卻能清楚感覺到，它正在大笑，爽朗地大笑著

而蓉蓉甚至可以聽到那狂笑聲中，所說的那兩個字：好酒！真是精采絕倫的好酒！

酒？蓉蓉不懂，她唱的是歌，為什麼亡靈說的卻是酒呢？

而當〈夜雪〉終於結束，蓉蓉的聲音，收在極低極低，有如低語的呢喃之中……蓉蓉忽然發現，它，已經走了。

空空的熱水壺，安靜的房間，蓉蓉很清楚知道，它已經走了。

蓉蓉有些悵然，彷彿一個老友的離開，一個愛歌同好的告別，不過，蓉蓉臉上卻有著微笑，因為她感謝這個亡靈，如果不是這亡靈，蓉蓉不敢輕易一個人嘗試〈夜雪〉。

而蓉蓉有預感，明天的歌唱比賽，她也許會需要以這首〈夜雪〉，將她最好的朋友小靜，從無底的深淵中拉回來。

不過，蓉蓉的微笑弧度，卻在她拿起熱水壺時，變大了。

因為她發現，熱水壺中，竟隱隱有著一行以水蒸氣寫上的字，這行字在告訴著蓉蓉，這幾天的它不是幻覺。

那行字是這樣寫的：

「謝謝贈酒，鬼盜不忘。」

第一章・僧幫三難

「橫財！」

琴一見到橫財，下意識地按住了自己的肚子，因為琴忘不了自己剛入陰界時，曾被橫財那隻粗大肥手，硬是打開了肚子，就要把琴新鮮活跳的胃給掏出來。

「咯咯咯咯，忘記老子了嚕？」橫財轉過身，露出兩排黃牙發出大笑。「菜鳥新魂，琴。」

「沒忘。」琴發現自己的肌肉正微微繃緊起來，周圍的電能更因感應到自己情緒的緊張，而形成一股薄薄的電網。

這是要作戰前的準備？只是因為這個男人的現身嗎？

「咯咯，去僧幫偷東西可不是小事，莫言那廝雖然驕傲臭屁，但也沒十成把握，所以得找我出馬嚕。」橫財肥大的身體，笑起來全身的肉都會因此顫動。「哈哈哈，妳就算有意見，也沒辦法。」

「你……」琴瞪著橫財，這傢伙的蠻橫程度，怎麼這些年一點都沒有改變啊。

「怎麼？不服氣嗎？」橫財瞪著琴，「要不，來來來，小姑娘我們再打一場，來看看妳進步了多少，或者讓我看看，妳的胃還是不是那麼新鮮？」

「哼！」琴緊緊盯著橫財的那隻肥手，她很清楚橫財的技都是由他的那隻手發動的，而且這傢伙原本就是一個流氓，為了立威，再次掏開琴的肚子也不是不可能的事情。

想到此處，琴兩股電能，在掌心繞行，這幾年她走過颱風，經過土地守護者淬鍊，更走過風雨的道幫，她的七色電箭也非同小可，也許真能與橫財一戰。

「嚕嚕嚕，有進步，真的有進步啊。」橫財肥肥的細眼睛微微睜大，「快逼近甲級星了嗎？這樣更讓我想知道妳胃的顏色啊，哈哈哈。」

下一秒，橫財的手倏然伸出，明明距離甚遠，卻在眨眼間，已然貼近了琴的腹部。

「哇。」琴只覺得背部泛起寒意，橫財的速度好快，這就是甲級星的實力？但她這數年來的歷練可不是白費的，她瞬間將電能灌滿全身，「電偶」技能啟動，刺激琴的神經與肌肉。

肌肉力提升數倍，讓琴的速度提升至奧運選手等級，她只是輕輕一扭，就退離橫財手掌半公尺，而且不只退，琴的右掌已經挾著猛烈電勁，朝著橫財腦門拍了下去。

電光透著金黃，正是琴的七成功力，她沒打算手下留情，因為她知道對手是橫財。是一個不需要手下留情，而且一旦留了情，絕對讓琴自討苦吃的男人。

「很好，太好了嚕！」橫財大笑，額頭竟然沒有任何要躲開電能的動作，硬是接下了這一擊電掌。

轟然一聲。

電光四散。

這足以破壞數輛車，拆毀整條街道，炸裂數十盞街燈的電勁，就這樣在橫財的腦門上爆發。

但，橫財重傷了嗎？琴遭遇反擊了嗎？戰局底定了嗎？

沒有。

沒有的原因，是一個手裡拿著三杯「珍珠搖滾」的光頭男人。

「搞什麼啊？多年沒見，就要打上一架？」這男人，當然就是神偷莫言，他搖頭。「來來來，我請兩位喝杯『珍珠搖滾』，這可是雪幫鎮幫之寶加上陽世音樂融合而成的極品嘿。」

「嗯。」琴退開，她發現自己的手上，正套著一個收納袋，而收納袋往外膨脹如球，裡面充塞自己的霹靂電能。

莫言的收納袋收下了琴的所有電能，替橫財擋下這一擊嗎？

「琴，別誤會，我可是救妳嘿。」莫言看了琴一眼，「不然妳看看橫財那邊……」

「嚕。」只見橫財咧嘴冷笑著，他的右手手臂的部分都不見了？在穿過一扇小門後，不知道穿到哪裡去了？

「橫財，你的手……啊！」琴恍然，一個轉身，竟發現她的背後不知道何時多了一扇小門，而小門之中，橫財的右手已經伸了出來。

只是這隻大手上，也和琴一樣被套上了一只收納袋，頗有奸雄難以逞兇的味道。

「如果莫言沒套上這袋子嚕，咯咯，」橫財冷笑，「我又可以從妳背後掏出胃來看看嚕，哈哈哈哈。」

「哼。」琴感到背上浮起薄薄的冷汗，對，橫財的技就是「開門」，如果剛剛戰局繼續發展下去，自己的背部可能真的會被橫財打開一扇門，然後硬是從背後掏出自己的鮮紅的胃。

想到這，琴感覺到自己的胃微微收縮了一下。

「不過，橫財老友，你也別太得意。」莫言把珍珠搖滾遞給了橫財。「你以為自己的防禦絕招『盜賊斗篷』可以擋住琴的電能嗎？你摸摸自己的額頭看看？」

「喔？」橫財一愣，手朝自己額頭一摸，一大叢被燒得焦黑頭髮，頓時撲簌簌地落下。

「電能有名的就是無孔不入，更何況琴的電能共分七層，紅電之後有橙電，橙電之後黃電，黃電之後更已經窺見綠電的境界……層層相疊，後勁十足。」莫言說，「嘿，老友啊，你剛若真的硬接琴的這一掌，就怕臉上從此會多了一道永遠無法抹滅的疤痕，受傷事小，丟臉事大啊！」

「哼。」橫財乾笑了兩聲，伸手把頭上焦黑頭髮胡亂抓下，朝地面一扔，他不辯解，似乎也是認同了莫言的推論。

「好啦，既然雙方都有點實力，而且也算認識……不如就看在我神偷莫言的面子上，」莫言把手上的珍珠搖滾舉起。「一起喝杯珍珠搖滾，盡釋前嫌如何？這珍珠搖滾所添加的陽世音樂，可是來自前陣子最火紅的……歌唱大賽喔。」

「嗯。」琴點頭，也跟著舉起了手上的珍珠搖滾。「暫時不用電烤焦你的頭髮。」

「嚕。」橫財嚕的一聲，也舉起了手上的珍珠搖滾。「暫時不拿妳的胃出來看。」

「好，那就算談和了。」莫言用力喝了一口珍珠搖滾，嗯，那來自天山的雪，一滴蜜的純，再配上陽世歌聲的火爆與熱情，真是天下極品。「那現在開始，我們來談正事吧。琴，走吧。」

「走？走去哪？」琴一愣。

「走！我們去僧幫！」

「咦？怎麼走？很容易走到嗎？」

「就前面轉角路口五分鐘腳程的地方，就是僧幫了。」

「啊？」琴張大了嘴。「前面轉角五分鐘，就是僧幫？就是傳說中最低調神秘且龐大的僧幫？」

「對。」莫言又是單邊嘴角揚起，帶著邪氣的迷人笑容，再次出現。「那就是僧幫。」

前面轉角路口五分鐘路程，確實有棟建築物，但這建築物的標語，卻讓琴感到一陣錯亂。

「僧幫在哪裡？」琴回頭看向莫言。

「這就是僧幫。」莫言高挑的身影，跟在琴的後面。

「這裡哪裡是僧幫……」琴比著前方，大聲抗議。「前面這是專門販售各種零售用品，城市中的每個角落，甚至是高山、海邊、離島，只要有人的地方，就會存在的一種商店……」

「對，別忘了，僧幫號稱三大黑幫之首，更是擁有最大資源的幫派，」莫言一笑。「妳猜猜，僧幫能成為陰界第一大黑幫，它做的是什麼生意？」

「這城市一半的街道，都可能有它的身影……」琴看著眼前，突然間，她有點懂了。十字幫賣的是文化商品，道幫賣的是武器軍火，而僧幫位居首位，販售的東西更貼近生活，更加的平民化，它的存在，從城市到鄉間，從鄉間到山上，又從山上繞回海濱，無所不在，無所不能，日出日落，清晨黃昏，叮咚一聲，永遠是妳的好鄰居……

「所以，眼前這裡真的是僧幫！僧幫竟然就是……」琴大叫，「便利商店！」

「在陽世，僧幫的據點有被換過很多名字。」莫言說，「宋朝貨郎們的聚落處，後來的柑仔店，到現在人們口中的便利商店，都是僧幫幫眾用來隱藏自己的基地。」

「從宋朝……僧幫這麼久了？」琴露出訝異的神情。「可是，如果僧幫是便利商店，那我們怎麼知道幫主地藏在哪裡？」

「對，所以，這就是僧幫神秘低調的原因，因為它的據點很多，可是總部在哪卻極少人知道。」

「咦？」琴低頭了一會，突然抬起，「懂了，雖然我們無法直接前往僧幫總部，但只要到了據點，就一定有辦法。」

「欸，不錯喔。」莫言一笑，「智商有點長進了，那我們進去吧。」

「好！」琴點頭。「那我們一起進去吧！」

於是，他們三人踏入了便利商店，不，踏入了僧幫千萬的據點之一，開始了他們的偷盜之旅。

叮咚。

當透明的玻璃門打開時，琴感到一陣無與倫比的熟悉感迎面而來。

這是便利商店，對，這根本就是陽世的便利商店啊。

明亮的光線，一排一排肩膀高度的貨架，貼牆而放的透明冷藏櫃，冷藏櫃中琳瑯滿目的各式飲料，飲料內裝的是各式各樣的歌聲泡泡。

琴忍不住微微停住腳步，感受著記憶中，那只屬於陽世，關於便利商店的點滴。

無論多晚，無論晴雨，只要餓了，只要渴了，都可以走進這永不閉戶的明亮場域，滿足小小的欲望與需求。

陽世的便利商店是如此，那陰界也是嗎？

「莫言，陽世的便利商店賣的東西五花八門，陰界的便利商店也是嗎？」

「既然型態和陽世差不多，功能自然也大同小異嘿。」莫言說，「不過陰界有個地方和陽世不太一樣，那就是滿足人們渴望的東西，也就是僧幫的主要產品……叫做咒術。」

「咒術？」琴訝異，這不是她第一次聽到咒術，但她確實不知道這東西怎麼使用，以及對陰界人民的影響為何？

莫言走到一個貨架前，拿起了一包包裝絢麗的餅乾，「我問妳，妳覺得這是什麼？」

「是……是一包餅乾？」

「是的，那它是什麼做成的？」

「陰界的一切原料，都是陰獸。」琴歪著頭，「而陰獸都是能量。」

「沒錯，原來確實是陰獸做成，包括裡面的餅乾，還有外包的鋁箔袋，但鋁箔袋上為什麼會這麼漂亮，這麼多顏色，這麼多漂亮的圖。」莫言說。「為什麼嘿？」

「不也是陰獸做成的嗎？」

「用陰獸來做也是可以，不過這麼多種顏色，可能要去找十幾種彩色的陰獸，經過十幾場戰鬥，死傷幾個戰士，才能完成一個餅乾包裝上的顏色。」莫言說，「妳覺得划算嗎？」

「不划算。」

「所以，咒在這裡就會發揮作用。」

「欸？」

「咒和陰獸相比，最大的差別在於咒不是實體，而是一種影響陰魂的微弱能量，透過施術者纏繞在物質表面，雖然微弱但卻會影響陰魂的感官判定。」莫言說，「透過這些細微影響力，可以輕易替物質的表面塗上顏色。」

「所以咒術是一種塗料？」

「哈哈哈，說它是塗料，就太小看它了，塗料只是咒千百個表現方法的一種。」莫言說，「像是另一個櫃子上的生活用品……」

琴順著莫言的眼睛看去，那個櫃子上放的是一般的生活用品，舉凡護唇膏、衛生紙，甚至是口罩，都被放在這裡。

「這些東西的原料仍是陰獸或是大地礦產，不過咒像是一層薄薄的表面，賦予了它們比較表面且次要的功能，像是衛生紙的本質還是纖維，但表面卻因為咒而變得潔白且柔軟；護唇膏仍是油脂，但咒讓它有了水果的香氣，抹在嘴唇上不再那麼令人排斥。」

「咒……好神奇……」

「咒的能量很弱，不至於傷害陰魂，但能影響陰魂，就是因為弱，才如此廣泛且深入陰界生活。」莫言說，「而僧幫，就是咒的主要生產處。」

「咒，很弱，改變表面，啊，我知道咒像是陽世的什麼了？」

「像什麼嘿？」

「像是『奈米』啊。」琴想起了阿豚，那個念理工的臭小子，他某次期末考前曾經一邊抓著頭髮一邊喊著他要殺了發明奈米結構的人，因為奈米結構的學問好像很高深，高深到阿豚最後終於被當掉了。

「喔？」

「陽世有一種東西，是最近幾十年才被大量應用的，叫做奈米，那是一層很薄很薄的表面，薄到人類的眼睛根本看不到，但只要將奈米結構鋪到任何物體的表面，就會改變那東西的表面特性喔。」琴拚命回憶著阿豚說過的話，盡量一字一句完全不變的轉譯過來。

「咦，有點像沒錯。」莫言沉思，「果然陰界和陽世是互通的，因為陰界的咒流入了陽世，而陽世把它命名為『奈米』嗎？」

「但阿豚……啊，那是我陽世一個好朋友，他也曾經說過，把奈米結構弄到物質上，不是一件容易的事。」琴說，「那是非常難的技術。」

「太有趣了，是的，對陰界而言，將咒纏繞在物質上，也不是一件簡單的事情啊。」

「纏繞？」

「是的嘿。」莫言拿著手上那包裝絢麗的餅乾，「而掌握咒技術的僧幫，就這樣將每個東西纏繞上咒，更因此打造了這個數百年來公認最大的黑幫！」

「真是厲害。」琴佩服地說，「不過，這樣的咒又和周娘要的東西有什麼關聯？」

「有。何謂咒？咒為什麼能纏繞在物體上？」莫言說，「因為咒本身是一種能量，也是一種誓約，這樣的能量與誓約可以纏繞在物體上，自然也可以纏繞在人體上……」

「啊，莫言，你的意思是說，周娘身上正被某種咒纏繞著？」

「有點那個意思，而這個咒是她自己下的，因為這個咒她才不能再行醫。」莫言說，「所以我們要做的事情，是去咒的發源地『僧幫』，把當年纏繞周娘的那一句咒解開，懂嗎？」

「咒真是太神奇了！」琴讚嘆，「所以當年的三大黑幫中，第一強大的僧幫以咒替生活用品加工，第二的道幫專門製作武器，第三的十字幫，是產書的？」

「沒錯嘿。」

「怎麼想都覺得做書的可以排進前三大黑幫，怪怪的啊，做書的不都是手無縛雞之力嗎？」琴笑。「還是因為陰界就是和陽世不一樣？」

「其實陰界也是，但十字幫會成為三大黑幫之一，主要倒不是因為書……」

「那是什麼？」

「是因為武曲這個人嘿。」莫言說。

「咦？」

「因為她實在有點傻，做什麼事都一股亂七八糟的衝勁，搞得大家不得不配合她，結果越是配合，十字幫就越壯大，一起做傻事的人也越來越多，到後來呢……竟然變成了三大黑幫之一。」莫言說到這，微微一頓，目光看向遠方，似乎想起了什麼。

看著莫言的模樣，琴忍不住微笑。「你又想起武曲了嗎？」

「想？哼，誰在想啊。」莫言收斂心神，「她的傻勁把大家搞得很累好嗎？武曲不在的這幾年來我過得挺開心，想偷就偷，想搶就搶，誰能管我？」

「嗯，是嗎……」琴看著莫言，在這明亮的僧幫基地中，她心中隱隱升起一個想法。

「欸，莫言。」

「幹嘛嘿。」

「弄一個黑幫，好玩嗎？」

「咦？」莫言一愣，「妳想幹嘛？」

「你們都說，我和當年武曲有點像，也許，我真的懂她。」琴說，「易主降臨，政府蠻橫，黑幫式微，整個陰界死氣沉沉，雖然說陰界都是死人，不死氣沉沉才奇怪……不過，也許，我懂武曲的心情。」

「嘿，小女孩……」莫言突然伸手，摸了摸琴的額頭。

「幹嘛？」被莫言的大手覆住額頭，那粗糙又帶著微熱的掌心，讓琴嚇了一跳。

「妳肯定是發燒了吧，妳覺得自己懂武曲？甚至想學她弄一個黑幫？哈哈嘿。」莫言大笑，「除了發燒，我想不出其他的可能性了啊。」

「才，才不是發燒哩。」琴沒有撥開莫言的手，只是雙眼清澈明亮地看著莫言。「但我想問你一件事……」

「如果我真的弄一個黑幫，你會跟我嗎？」

「神經病嘿。」

「我問得很認真耶，如果我弄一個黑幫，你會跟我嗎？」

「神經病。」

「如果我弄一個黑幫，你會跟我嗎？」

「我說，妳真是神經病！」

「我……」這一剎那，琴看著莫言，忽然笑了，「太好了。」

「太……太好了？我又沒答應妳，妳幹麻自嗨說太好了？」

「太好了，是因為你沒有拒絕。」

「哇勒。」莫言高瘦筆挺的身材，往後退了一步。「這是什麼意思？」

「反正我就是懂了。」琴微笑，笑得好燦爛。「雖然你罵我神經病，但你沒有拒絕我。」

「妳，妳這女……」莫言拿下墨鏡，睜大眼睛，他發現自己竟然真的，毫，無，辦，法，對這女孩，他就是沒有辦法！

「是吧？」琴笑著，又是調皮又是期待的眼神，由下往上看著身高一百八十公分的莫言，莫言頓時語塞，臉還有點熱了起來。

「算了嘿！」莫言轉頭，用力扶了扶墨鏡，「我們還是繼續討論怎麼進僧幫偷東西吧！哼！笨女孩，妳知道為什麼我們小偷從不碰僧幫嗎？」

「咦？為什麼？」

「因為僧幫有『三難』！」莫言比出三根指頭。「就是這三難！擋住了多年來這麼多小偷與強盜！更保住了僧幫百年地位，連政府也無法撼動之！」

便利商店內，琴聽到了莫言所說的三難，追問道：「三難？哪三難？」

「『難訪』、『難過』，還有『難分』嘿。」

「咦？『難訪』、『難過』跟『難分』？」琴歪著頭，長髮灑落肩膀，露出疑惑好奇表情。「這是什麼意思？」

「所謂『難訪』，說的是僧幫基地很難找，要知道僧幫和道幫總部有一個很大的差別，道幫的總部很招搖很囂張，它就是全世界前十高的建築物一〇一大樓，而僧幫的總部則和道幫完全相反……」莫言說，「它藏身於一個神秘的地方，除非用特定的方法，不然根本到不了。」

「真的假的，這麼大的幫派耶！」琴詫異。「把自己搞得這麼低調。」

「沒錯，所以它才有著『難訪』的稱號，也是僧幫屹立如此久，始終很難被連根拔起的原因之一。」莫言說，「光找到它，就是一門高深的學問。」

「天啊，這僧幫也太低調了吧？」琴問。「那第二難，『難過』呢？」

「第二個『難過』，指的是所有的咒都被收藏在一個神秘的房間內，據說房間的牆壁共有九層，每一道牆都有其獨到之處，就算你拿著破軍之矛或是七殺刃，都未必能劈開每面牆。」莫言說。

「這麼難破的牆啊……不愧是第二難『難過』！」琴急問：「那怎麼辦？」

「關於牆壁，放心，」莫言看了一眼橫財。「我們有橫財嘿。」

「橫財？」琴看了一眼橫財，「那個專門掏人胃出來看的傢伙？」

「喂！說話客氣點嚕！」橫才回瞪琴，「老子怎麼開妳的肚子，就可以怎麼開牆壁好嗎？老子的技可是……『門』！」

「以門破牆，對耶！橫財剛好是門的剋星！」琴驚喜。

「而第三難『難分』說的是……」莫言說，「僧幫內的咒數目繁多，成千上萬，型態各異，若不是咒的專家，就怕選不出哪一個才是周娘的咒。」

「這樣真的難分耶！」琴光想到那千萬個咒，那些可能由類似阿拉伯、突尼西亞古怪數字語言串起來的咒語，就覺得頭皮發麻。「那該怎麼辦？」

「這部分，就交給我嘿。」莫言露出莫測的一笑。

「你可以？」

「別傻了，我可是神偷。」莫言笑容詭異。「這點小事，難不倒我的。」

「那第二難『難過』和第三難『難分』都已經有辦法。」琴說，「那第一個『難訪』呢？」

「怎麼解？『難過』是橫財，『難分』是我，那『難訪』自然由……」莫言看著琴，又是單邊嘴角揚起，一個邪到不能再邪的微笑。「由妳來想辦法啊！」

「咦？我？」

「是的，行動開始。」莫言笑，「第一個難，就交給妳了，要好好當壞人喔。琴。」

第一個難，就交給我了？要好好當壞人喔。琴睜大眼睛，看到一旁的橫財露出相同詭異的笑，琴感到全身發毛，這到底是什麼意思？

臭莫言！到底是什麼意思啊！

陽世，醫院。

明亮的醫院長廊，小靜正快步地走著，她揹著從學生時代就愛用的雙肩背包，焦急地東張西望，直到她終於找到自己要的號碼，C316，穩穩地掛在門房口，她才鬆了一口氣。

「打擾了，我是蓉蓉的朋友。」小靜小心地推開了房門，迎面而來的，是病房獨有的靜默與細微的醫療機器運轉聲。

「嗯，妳好。」病房內，只有一個年紀約莫六十歲的男人，一看見小靜，先是微愣，然後像是恍然大悟般微笑了。「妳是小靜，是嗎？」

「是，你認識我？」

「我是蓉蓉的爸爸。」那男人笑起來，清晰的魚尾紋給人一種可靠與溫暖的感覺，而且，小靜發現他長得和蓉蓉好像，尤其是笑起來的時候。

「伯父你好，我是小靜。」

「我知道，我有看妳們的歌唱比賽，」蓉蓉爸爸看著小靜，「妳那一首〈夜雪〉，唱得真好。」

「伯父你有看？」小靜有些訝異了，因為在她記憶中，蓉蓉極少提及她爸爸，蓉蓉說起歌唱，總是只提起媽媽，媽媽堅持帶著小時候的蓉蓉去上課，花大錢聘請老師，還有，媽媽從來沒有缺席過，蓉蓉的歌唱比賽……

但是蓉蓉卻從來沒有提過她的爸爸，沒有，一次也沒有。

甚至到了後來，當蓉蓉說起了她的媽媽因為車禍突然辭世，剛上大學的蓉蓉被迫學會自理生活，打工度日，自己下廚，她回憶中，那一塊名為爸爸的區塊，卻仍為空白。

小靜甚至以為，蓉蓉沒有爸爸，或是她的爸爸，根本不該存在。

直到此時此刻，當蓉蓉病房內的這名陌生男子，竟然稱自己為「蓉蓉爸爸」，這才讓小靜吃驚到說不出話來。

「很吃驚嗎？」蓉蓉爸微笑，「她一定很少提到我，嗯，也許根本沒有提過，是吧？」

「她，嗯，也許不是，只是剛好都和我聊唱歌，所以比較少聽到……」小靜感覺自己的臉頰有點熱。

「別在意，會發生這樣的事是很正常的。」蓉蓉爸繼續笑著，只是眼神變得深沉與哀傷了。「其實我和蓉蓉媽媽很早就離婚了。」

「啊。」

「蓉蓉從小就跟著媽媽，她媽媽非常支持蓉蓉唱歌，把為數不多的存款全都投入了蓉蓉的歌唱訓練和比賽裡面。」蓉蓉爸慢慢地吐出了一口氣。「那時候我很反對，因為我知道蓉蓉媽媽過得很辛苦，不只是學習音樂要花錢，到處比賽，住宿費，甚至是一些進入演藝圈的應酬，都要花錢。」

「嗯。」小靜沒有再說話了，此刻的她，只是安靜地聽著。

傾聽，向來是她的本能，也是她的一種能力，安靜的她，總能吸引他人忍不住對她傾訴，如今，在這寂靜的醫院中，她聽著蓉蓉的爸爸，這數十年來，來自內心的真誠細語。

「蓉蓉的媽媽過得很辛苦，而我耳朵沒有那麼敏銳，對於蓉蓉的歌聲，我覺得好聽，但覺得不值得！不值得蓉蓉的媽媽和蓉蓉用盡自己的人生，去做這件事……所以我很生氣，我不能諒解蓉蓉媽媽的想法，於是開始和蓉蓉的媽媽吵架，直到有天，我們吵得不可開交，於是就離婚了。」蓉蓉爸爸說到這，臉上一直掛著的微笑，悄然淡去，看起來更像是落寞的苦笑。「當然，大人的世界很複雜，離婚不能說是單一原因，唉，幾年後的某天……我聽到蓉蓉媽媽過世的消息。」

「嗯，」小靜感覺自己的心小小的揪緊了一下，她記得那一幕，當時蓉蓉在廚房切著菜，說起了媽媽離開的那一天，蓉蓉的眼淚不斷不斷地從臉頰滑落。

「蓉蓉媽媽過世，我理當有撫養權，但其實當時的我，提出了一個非常非常過分的要求！」蓉蓉爸爸說到這，眼睛轉而看向躺在病床上昏迷的蓉蓉。「我說，要我撫養可以，唯一的要求，是蓉蓉要放棄唱歌。」

「啊！」小靜身體一抖，那麼愛唱歌的蓉蓉耶，要她放棄唱歌？

「是啊，趁著蓉蓉還年輕，再回去學校，也許去專科學個什麼一技之長，總好過一直在虛無飄渺的音樂世界裡面，等待別人發現，我們家沒有金山銀山讓她揮霍！唉，當時的我，真的是這樣想的，而且我甚至說了出口。」蓉蓉爸爸說到這，眼光都沒有離開過蓉蓉。

「嗯。」小靜微微深吸了一口氣。「然後呢？」

「然後，蓉蓉就離家出走了。」

「嗯。」小靜的目光，也移向了蓉蓉。

「後來我知道，她在Pub駐唱，靠著不穩定的收入養活自己，並不斷尋找歌唱比賽的機會，轉眼就是三、四年過去。」蓉蓉爸爸嘆氣。「我實在不懂，她有這麼愛唱歌嗎？有必要賭上自己的人生嗎？」

「不，不是這樣的。」小靜開口了。「蓉蓉不是這樣想的。」

「咦？」

「支持蓉蓉的，除了她對唱歌的熱愛之外，」小靜想起蓉蓉那天邊切菜，邊落淚的背影。「還有，這是她對媽媽的承諾。」

「承諾……」

「媽媽的付出，蓉蓉都知道，家裡很辛苦，蓉蓉也知道。」小靜說，「所以她知道自己一定要成功，要讓媽媽知道，這才是蓉蓉堅持不肯放棄的真相，這也是……」

「也是？」

「……她的〈夜雪〉，能唱得如此溫暖的原因。」小靜溫暖地笑了，「因為她也是一個疲倦旅人，所以她知道隻身漫步在荒野的孤獨，更知道永遠不知道終點的寂寞，但她卻曾經到過那家旅店，甚至喝過那口酒……」

「那口酒？」

「是啊，她歌聲中那杯暖心的酒，就是，蓉蓉媽媽對她的愛。」

「是這樣嗎？」蓉蓉爸爸閉上眼，「這幾天，我看著你們的歌唱比賽，好像也有點懂了。」

「嗯。」

「醫生說，蓉蓉的身體狀況都正常，腦部也沒有受到損害，卻完全找不到讓她昏迷不醒的原因，這種狀況最麻煩，也許明天就醒來，但也許會花上幾個月，甚至幾年。」蓉蓉爸爸說到這，苦笑之中，更帶著深沉的苦澀。

「接下來，也許辛苦一點，我會再請一個人，和我輪流照顧……」

「蓉蓉爸爸，」小靜聽到這，脫口而出。「如果您不嫌棄，我也可以照顧蓉蓉。」

「啊。」

「接下來我可能有一些演唱的邀約，也許有些時間會不在，但我一旦有空，都可以來照顧蓉蓉。」小靜說，「關於金錢的部分，我也聽主持人和強哥討論，他們看好蓉蓉的未來，會盡量幫忙，就當將來簽約金的預付款。」

「謝謝。」蓉蓉爸爸低下頭，眼眶帶淚。「其實我知道，蓉蓉媽媽沒有錯……」

「沒有錯？」

「蓉蓉真的應該唱歌，」蓉蓉爸爸說，「因為，我覺得她唱得很好聽……」

「很好聽？」

「真的，真的好好聽，我的女兒好厲害，好厲害。」蓉蓉爸爸低著頭，眼淚爬滿了蒼老的臉龐。「我現在才知道，我女兒的歌，真的好好聽，我好以她為榮，但我已經，已經不知道，也沒辦法親口告訴她了，怎麼辦？」

怎麼辦啊？

蓉蓉爸爸壓抑著哭聲，在這寂靜的醫院中，聽來特別令人鼻酸。

「嗯。」小靜看著蓉蓉爸爸，也看著昏迷不醒的蓉蓉，她內心對蓉蓉如此說著……

親愛的蓉，雖然我不知道妳現在為什麼不見了，但我一定會把妳帶回來的！

我一定會想出辦法，把妳帶回來的。

蓉蓉的昏迷，不長不短地進入了第三天，這三天之中，因為蓉蓉爸爸還在找看護，又要協調自己的工作內容，所以大部分的時間照顧蓉蓉的人，都是小靜。

而這三天內，許許多多的人來探望過蓉蓉，包括主持人、強哥、鐵姑、周壁陽、阿皮，以及他們一路上共同奮戰的歌唱選手。

甚至有些令小靜訝異的人，也出現了。

像是……小風。

這個與學姐相同年紀，永遠如此自信，幹練與優雅的美麗女子，小風，帶著一盒高級水果禮盒，悄然出現在病房中。

「嗨。」小風悄然站定，小靜愣了一下，立即想眼前是何人。

「小風學姐。」小靜「啊」的一聲。

「學妹真不錯，還記得我？」小風走到病床，看了一眼蓉蓉。「我就猜，會是由妳來照顧歌唱比賽的第一名。」

「小風學姐，妳，妳怎麼會來？」小靜看到小風學姐，想起當時琴學姐過世的惡耗，就是小風學姐親口跟她說的。

「妳和第一名蓉蓉聯手唱了這場轟動全台的比賽，然後又來一個峰迴路轉，第一名當場昏迷，身為學姐的我，嗯，怎麼能不來看看妳？」小風學姐微笑，「畢竟妳是琴最疼愛的學妹，就算琴不在了，我也得代替她來看看啊。」

「琴學姐嗎？」小靜聽到這名字，神色還是難免黯然。「可惜琴學姐沒有親耳聽到這唱比賽。」

「會的。」小風微笑，笑容中充滿自信。「她可不是一般人，就算已經離開我們，還是會有辦法聽到演唱會的。」

「真的？」小靜笑了，「小風學姐妳好相信琴學姐喔。」

「當然相信，難道妳不是這樣想嗎？」小風看著小靜。「妳是不相信琴是一個奇怪的人？還是妳不相信這個奇怪的人，會千方百計回來聽妳演唱會？」

「嗯……是。」小靜看著小風，忽然間，小靜感覺到自己被說服了。

源自於小風學姐那完美的自信態度，又或者說，小風學姐的磁場實在太過強大，讓人不由自主的完全相信她。

「不過琴雖然是奇怪到不可思議，但畢竟已經到了另外的世界，沒辦法親自來安慰你們……」小風學姐走了幾步，來到昏迷的蓉蓉身旁。「於是，我就代替她來了。」

「嗯……」

「她就是第一名的蓉蓉啊。」小風學姐專注地看著蓉蓉的臉。「妳們是好朋友，而且她很照顧妳，對不對？」

「咦？」小靜訝異，「妳，妳怎麼會知道？」

「因為她唱了〈夜雪〉啊，雖然這替她拿了冠軍，但她唱〈夜雪〉的真正原因，應該不是冠軍，而是為了妳吧。」小風學姐臉上掛著微笑。「因為妳把〈夜雪〉唱得這麼悲慘，唱到這城市的人半數都想自我了斷了，如果不把妳用相同的一首〈夜雪〉帶出來，妳也會一起完蛋吧？」

「是，是的。」小靜嘴巴微張，小風學姐好厲害，光隔著電視螢幕上觀看比賽，就猜出隱藏在比賽之後，人與人之間深刻的情感脈絡。

「所以她一定很照顧妳，不過妳也別太自責，我大概從比賽的中半段開始準時收聽，我發現，蓉蓉之所以能唱得這麼好，是要感謝妳喔。」小風學姐繼續說著，「每一次妳突破自我極限，同一場的她，都也會像是受到刺激般，跟著跨入下一個門檻，從這角度來看，蓉蓉其實一直追著妳的背影在跑，只是妳大概也沒想到吧。」

「有，有嗎？」

「所以啊，妳們這一對冠亞軍，還真是頗妙。」小風學姐伸出手，輕輕撫摸了蓉蓉的臉，神情中竟有一絲溫柔。「只不過，她唱完〈夜雪〉而昏迷，接下來換妳來救她了。」

「是……咦？救她？小風學姐，妳知道怎麼救她？」

「哈。」小風學姐抬起頭，神秘莫測地笑了。「我怎麼可能知道？」

「那妳剛剛的意思是？」

「我是說，」小風眼睛瞇起，「知道的人，應該是妳才對。」

「我？」

「蓉蓉都知道『再唱一次〈夜雪〉，就能夠救妳』，那妳應該也會知道『如果蓉蓉昏迷，妳該怎麼救她』才對。」

「小風學姐，我聽不懂！」

「這是最好朋友才有的默契，我和琴都是這樣的……」小風微笑著，「再等等，妳一定會找到辦法的。」

「嗯，琴學姐嗎？」」聽到小風又提起了琴，小靜咬著下唇，默默地點了點頭。

「我今天來這裡，還有件事要說……」

「小風學姐，請說。」

「如果妳需要幫忙，儘管開口。」小風笑著，她留著一頭及肩長髮，並用一圈淺藍色髮飾綁成馬尾，這樣的髮長既沒有長到腰際的嫵媚，也沒有短到耳際的剛強，但不知道為何，妳就會知道這樣的髮長非常適合她。

不多，也不少。

這樣的髮長，能襯出她不算大也不算小的眼睛，豐瘦剛好的雙唇，不算太挺卻也不塌的鼻子，皮膚不至於白到透明更完全稱不上黑，一百六十三公分的身高既不會鶴立雞群更不會矮人一截。

小風學姐的外表，可以說是少了特色，卻也可以說是一切都恰到好處。只是，誰敢說小風學姐沒有特色？因為她的魅力不是來自於外表，而是自己創造出來的！那絕對的自信，充滿力量的龐大磁場，讓人打從心底信服的傲人氣勢，就是小風學姐的特色！

這樣的人，在這個時間，來到這裡找小靜說話，一定有她的目的。

「好。」小靜懂，她點頭。「如果有任何需要，我一定，找小風學姐。」

「那很好。」小風走到了門邊，像是想起什麼似的，突然伸手到後腦，手指如蝴蝶般舞動，就這樣拆下了她的天藍色髮圈。

烏黑的長髮，也就這樣順著她的肩膀，滑落了下來。

「小風學姐？」

「看到妳，總會讓我想起了琴，」小風微笑。「我們很常共用彼此的髮圈，至於為什麼呢？我想是因為琴明明留著一頭長髮，但老是弄丟自己的髮圈，所以常和我借吧？」

「嗯……很像琴學姐的作風啊。」

「這髮飾，很久了，這是我和琴曾經共用的髮圈。」小風依然笑著，這次的笑，沒有那麼驕傲與尊貴，反而充滿了暖暖的懷念。「我很認真地珍惜它，所以用了很多年都留著，如果妳不介意，我想現在交給妳。」

「咦？」

「不要問我為什麼，我就是想要這樣。」小風看著小靜。「我想，琴也會做出一樣的決定，這幾天的妳太憔悴，頭髮綁起來，會有精神一點。」

「嗯，好。」小靜下意識摸了摸自己的長髮，對，這幾天一直擔心著蓉蓉，好像都沒有認真整理自己的頭髮，只是隨意垂在肩膀上，太沒有精神了，然後，小靜忍不住笑了。

「喔？」小風眨了眨眼睛，「為什麼突然笑了？」

「我笑，是因為琴學姐一定也會這樣，真的。」小靜微笑。「一邊唸我，一邊拆下自己的髮圈，然後強迫我綁起頭髮，要我打起精神。」

「是啊，這就是琴。」小風瞇起眼，眼神中滿滿的懷念。「這就是琴啊……」

「是啊，這就是琴學姐啊。」

「……」小風閉上了眼，深深吸了一口氣，彷彿要把此刻憶起琴的空氣，一口氣都吸進肺裡，然後深深刻入心中。

但隨即她乾脆地轉頭，推門就走。「好啦，我走了。」

「好。」小靜看著小風，她離開得好突兀，難道是驕傲的她不准自己陷入太深的思念中嗎？

「走之前，再提一句，有問題可以盡量找我。」小風說。

「嗯，不管什麼問題嗎？」小靜說。

「是的。」小風笑著，那是對天上地下任何疑難雜症都能輕易化解的微笑。「不管什麼問題……」

「好。」小靜看著小風的笑，她頓時陷入一陣奇異的熟悉感中，這笑容和琴好像，天上地下無所畏懼啊。「有問題，我一定找學姐幫忙。」

「嗯，乖。」小風說完，瀟灑地擺了擺手，推門離開了。

當門緩緩關上，病房又恢復了原本的安靜，只剩下小靜安靜地看著門後，她看著手上的天藍色髮圈，臉上忍不住浮現了淺淺笑容。

這是琴學姐的髮飾嗎？好令人懷念喔。

於是，她輕巧地將雙手繞到腦後，然後幾個俐落的動作，就將自己的頭髮綁了起來。

然後，小靜彷彿聽到了琴學姐的大笑。

「這樣綁起來比較帥氣啦，我們女孩要比男生更帥啊！小靜！」

是啊，小靜閉上了眼，我們女生一定要比男生更帥啊！學姐……

第二章・貓同行

當小風離開後，又過了幾天，這幾天仍不時有人來拜訪，其中甚至包括了醫院中的醫生和護理師，他們說他們也聽了這幾場歌唱比賽，而且深受感動。

一些花朵，一些打氣的話語，一些鼓勵，一些加油，來來去去，點點滴滴，只是，蓉蓉依然沒有醒過來。

她安靜的躺在病床上，後腦勺舒適地陷在軟軟的白色枕頭內，長長的睫毛偶順著呼吸微微顫動，呼吸平穩，生命跡象穩定，但，就是沒有醒過來。

無論周圍的環境多吵鬧，多少人談論多少她唱歌的事，多少聲音訴說著他們好喜歡她的〈夜雪〉，甚至在她耳畔播起了音樂，那些她喜愛的，甚至是她親口唱過的，她卻依然沉睡著。

依然，深深沉睡著。

蓉蓉到底為何沉睡？就當喧譁漸漸淡去，日子逐漸平靜，訪客足跡漸次減少，床邊就只剩下兩個身影，一個是蓉蓉的爸爸，另一個則是小靜。

而就在這一天，小靜因為累了，趴在蓉蓉的床邊睡著了。

當小靜感到倦意如暖暖的潮水，將自己身體包裹時……她突然發現，自己的腳邊傳來某個溫暖物體摩擦的感覺。

她低頭看向腳邊，忍不住「啊」了一聲。

「小虎？」

「小虎不行啦，這裡是醫院，你不可以進來啦。」小靜緊張地說，「你是什麼時候進來的？又是怎麼進來的？」

「喵。」小虎的回答始終如一，就是那聲喵。

但這次的喵，卻讓小靜感到稍有不同，因為她覺得這聲喵，竟隱隱帶著威嚴的風雷之聲，而且更讓小靜訝異的是，她又聽到了第二聲喵。

這次，是來自病房的黑色角落，而那裡，正透出另一雙貓的綠色眼睛。

那隻貓，緩步從黑暗中踱步而出，那是一隻外型流線，短毛，臉呈三角形，還有一雙神秘杏眼的，暹羅貓。

「這裡還有第二隻貓？」小靜好吃驚，「你們怎麼到醫院來的？」

但小靜的吃驚低呼，馬上就被第三聲貓叫掩蓋。

又有一聲喵，在這間黑暗的病房中響起，位置是小靜的頭頂，小靜抬頭，看見病房的天花板間接燈的樓板中，一雙如藍色寶石的貓眼，正凝視著小靜。

這隻貓眼的主人，一身長毛，骨骼粗壯，是來自北美的野性之貓，「緬因貓」。

「還有第三隻？」小靜正要說話，第四聲貓叫，已然響起。

這一聲貓叫，就在小靜正前方的病床上，不知道何時，這隻貓已經端坐在床鋪中間，這是隻身體線條勻稱，集合了優雅與親民兩種特質，正是「日本短尾貓」。

「為什麼？為什麼病房中會出現這麼多貓？」但小靜的詫異不但沒有因此止歇，反而越來越擴大，因為接下來，她聽到了更多的喵聲。

整間病房，每個角落，地板上的每個位置，以小靜所在的病床為中心，竟然全都傳來喵的聲音。

數十隻，不，可能上百隻的貓，竟然不知何時佔滿了整間病房。

這些貓，有的是黑的，有的是花的，有的身上的顏色斑爛，有的灰得很低調，但無論是哪隻貓，都給小靜一種神奇的感覺。

這群貓，是這個地方的尊者，牠們散發著一股尊貴且慵懶的氣息，有如貴族般讓人敬畏與尊崇。

而這些貴族中的首領，是一開始出現的那三隻貓，暹羅貓、緬因貓，以及是招財貓原形的日本短尾貓，而且……小靜的目光忍不住看向了自己腳邊。

那隻一直我行我素，神秘又美麗的小虎，正是招來那三隻首領貓的關鍵。

難道，小虎的位階，比這三隻首領貓還要高嗎？

「這是夢嗎？」小靜看著周圍的貓群，這場景真實得讓她無法辨別現實與夢境。「如果不是夢，怎麼會有這麼多貓出現在這裡？」

貓群沒有回答小靜，但牠們很快就做出了動作，貓群如潮水般往兩邊退開，讓出了一條通往病房門的路。

小靜看著這條路，一個閃神，發現小虎已經站在門邊，並回過頭看著小靜。

這瞬間小靜懂了。

「小虎，你要我跟你一起去嗎？」小靜訝異，下意識看回病床，但她赫然發現，病床上的蓉蓉竟然不見了。

這張床空空的，彷彿很久沒有人睡過。

「醫院突然出現大量貓群，蓉蓉消失，所以，這真的是夢嗎？」小靜歪著頭，「那小虎，你想要帶我去夢裡的哪裡呢？」

小虎沒有回應，再一聲喵，病房沉重的門自動打開，而小虎昂著身子朝著門外走去。

小靜則是微吸了一口氣，朝門外走去，小虎會帶她去哪？小靜有預感，一定和蓉蓉昏迷不醒的秘密有關！

順著小虎和貓群的步伐，小靜走出了病房，當她踏出病房的瞬間，有一種說不上來的奇異感覺，這裡確實是醫院沒錯，同樣的走廊，同樣的燈光，同樣的櫃檯，但總有哪裡不一樣……

啊，小靜隨即懂了，不一樣的是人。

走在病房走廊上的病人，感覺不太一樣，在小靜的記憶中，會在走廊上漫步的人分為兩種，一種是穿著醫院病服的病人，這種人通常動作較遲緩，臉色蒼白，更能在他們眉宇之間感覺到一種意志力，那是忍耐著疼痛與反覆失望後磨練而成的意志力。

另一種是病人家屬，家屬多半步伐較快，多數拿著手機在討論著什麼，可能討論著錢，也可能討論著工作，不過大多討論的，還是病患的病情與將來該如何安排……

但此時此刻，小靜發現走廊外的人都不屬於這兩種，他們既非等待痊癒的病人，也非步伐急速的家屬，此刻病房外的人，步履不算沉重，身體更可說輕盈，既沒有病人的「緩」，也沒有家屬的「急」。

這群人，更像是久居在這裡的居民，步伐如常，神色漠然，他們是誰？讓小靜完全捉摸不到頭緒。

「感覺不太一樣？」小靜詫異地看著周圍，「為什麼和我記憶中的醫院不太一樣呢？」

當然，貓群沒有給小靜任何的答案，只是有如領路人般往前走著，而小靜也只是隨著貓群往前漫步著。

走著走著，小靜又發現了一個熟悉的身影。

這身影是蓉蓉隔壁病床的阿伯，是一位非常親切的老伯，第一天小靜忘記帶衛生紙時，還是老伯主動出借的，但在小靜的記憶中，後期阿伯的身體已經很虛弱，大部分的時間都躺在床上昏睡。

但奇怪的是，這個午夜時分，阿伯看起來精神挺不錯的，他拆掉了點滴，步履輕盈，在走廊上悠悠晃晃地走著。

「阿伯。」小靜伸出手，想和阿伯打招呼。「你知道這裡是哪裡……」

只是當阿伯聽到聲音，轉頭看到了小靜，他非但沒有回答，還露出了驚恐的神情，往後退了兩步，退到了走廊的牆壁邊。

「幹嘛這麼怕我？」小靜吃了一驚，看了看自己身體周圍，沒有長出什麼大手或牙齒啊。「阿伯，恭喜，身體變好了，不用吊點滴了？」

阿伯依然沒有回答，只是恐懼地看著小靜，不，從他目光的焦距來判斷，他看的東西在小靜的身邊……

也就是那一大群領著小靜走的貓。

以小虎為首，有白貓、黑貓，還有各色各式的群貓。

「阿伯，不用怕牠啦，牠是我養的貓，貓群是牠帶進來的……」小靜試圖緩和氣氛。

「我知道醫院不能帶貓，……」

「貓？」阿伯眼神裡的恐懼非但沒有消散，反而變得更驚駭。「妳說牠們是貓？我活著的時候，哪見過這麼大、這麼可怕的野獸？」

「很大的野獸？還有，你活著的時候？」小靜詫異，「阿伯，我聽不懂你在說什麼……」

「可怕啊……」阿伯的背緊緊靠著醫院的長廊，搖著頭。

而隨著貓群不斷往前邁進，小靜已經脫離和阿伯說話的距離，小靜只能歪著頭，繼續觀察醫院走廊的一切。

沒錯，這名為恐懼的情感，正在整條走廊瀰漫，醫院中每個人看到小靜和貓群，都驚恐地往走廊兩側讓開，彷彿迎面走來的不是人與貓，而是一大群會食人的飢餓猛獸。

「這到底是怎麼回事？」訝異之間，小靜發現貓群已經帶她走出了醫院。醫院外，月光明亮，樹影扶疏，貓群繼續走著，小靜只能跟著。

「小虎，你們到底要帶我去哪？」小靜問。

「喵。」忽然，小虎回頭，對著小靜喵的一聲，而小靜似乎在這剎那，看見了小虎眼中一閃而過的狡獪與調皮。

「小虎，你要幹嘛？」小靜正感到不對，忽然她感覺到雙腳竟然踩不到地，踩不到地就算了，身體還開始飄高，接著，周圍景色後退的速度突然開始加快！

怎麼回事，她飛起來了？在貓群的簇擁下，小靜第一次體驗到了夜間飛行！冰涼的風拂過小靜的臉，吹得她長髮飄揚，整個城市都在她的腳下，有如一個裝滿了各色寶石的大盤子，既閃爍又迷人。

享受這美景，小靜感覺到心蕩神馳，飛行了約莫十分鐘，小靜忽然感覺到身形往下傾斜，開始下降了？

當目標越來越大，小靜也看清楚了目標的樣子，原來貓群要帶小靜去的地方，是棟建築物，橘白相間，大門敞開燈火明亮，給人一股威嚴的距離感，但同時也因為它的存在，給了附近人們安全感。

它是什麼？它，是警察局。

此刻，讓我們暫時離開小靜與貓群，來說一個名詞。

叫做「十隻猴子」。

「十隻猴子」對大多數陰界子民而言，是一個避而不談的話題，原因很簡單，只有兩個字——恐懼。

十隻猴子第一次在江湖現蹤，是在黑幫與政府大戰到最高潮之際，當時黑幫集結了僧幫，道幫，以及如今已經消失的十字幫，與政府進行一場又一場廝殺，一批批人馬從街頭打到巷尾，從高樓打到大街，從高地打到平原……

黑幫爭的是一口氣，而政府要的，則是讓黑幫一口氣都不敢出。

這場戰爭持續了超過五年，其中死傷無數，悲壯的故事也不斷上演，故事中有英雄，有犧牲，卻也有背叛，有遺憾，更有許多沒被史冊記錄，卻長存人心的傳說。

只是，傳說不只有光明，事實上也有黑暗混濁到令人內心畏懼的，「十隻猴子」的故事就棲息於這片黑暗傳說之中。

第一個十隻猴子的受害者，是一個小型黑幫的幫主，名叫勇伯，勇伯的道行不算頂尖，但卻有比誰都熱血的心，他帶領著人數約莫三百人的黑幫「保力達B幫」，衝鋒陷陣，義無反顧，縱然沒有主導戰場的武力，卻能產生激勵士氣的巨大作用。

他如同一個精神領袖的存在，讓人們相信長存於心的正義黑幫精神，不過，這樣一個熱血勇敢的戰士，卻莫名其妙地被人暗殺，割下頭顱，懸掛在激戰巷弄的樓牌上。

黑幫為此抓狂，發動了不計生死的狂戰。

同樣的，政府那方也出現了雷同的事件，政府的立場鮮明，就是要統治黑幫，政府中也存在著講信重義，不用卑劣手段的小領袖，他名字叫做發哥，隸屬於軍部東軍之副，他的軍隊戰功彪炳，不是靠陷阱與詭計，而是堂堂正正的對決。

但是發哥的下場也同樣悲慘，他被暗殺，滿是憤恨的臉，被掛在對手黑幫的幫派門口，額頭上還寫了一個「該死」兩字。

此舉，也同樣讓政府軍震怒，東軍聯結西南北三軍，傾巢而出，誓言要替自己的精神領袖復仇雪恨。

雙方在這幾場戰役中，瘋狂死戰，死傷破千。

但追根究柢，竟沒有人想過，勇伯和發哥真切到底為何人所殺？

後來又陸陸續續發生不少類似的事件，死者有的是黑幫小弟，被人用卑鄙的手段所殺，有的是政府要員，死法扭曲詭異，還有無辜的黑幫親屬，被藏起來保護的政府官員妻兒等……唯一的相同點是，每次的死亡，都巧妙地引起黑幫與政府更多的戰爭，而更多的戰爭勾起了更多傷亡，也就是更多的，仇恨！

這些人到底是誰殺的？

為什麼殺得這麼巧妙？殺法又這麼慘無人道？

第一次提出疑問的人，是一道急奔到道幫的纖細身影，她隻身來到道幫總部，說出了她的推測。

「有人在背後動手腳……」那纖細身影是如此說的。

「是誰？」道幫之首，正是手握巨門之鎚，渾身傷痕卻霸氣外露的老工匠，天缺老人。

「是一群惟恐天下不亂的殺手。」纖細身影如此說。「他們透過不斷暗殺，讓政府與黑幫的戰爭不斷延續，仇恨因此越積越深！」

「可惡！」天缺老人一握巨鎚，巨鎚回應，爆發刺痛肌膚的殺氣，殺氣流竄，竟在屋子各處凝結出結晶。「他們名號為何？妳又有何證據證明他們存在？」

「他們名號……就是十隻猴子！」纖細身影側著頭，長髮垂到肩膀，嫵媚中帶著迷人傲氣。「而至於我怎麼保證他們的存在？就用我的名字，十字幫琴姐之名，保證他們確實存在！」

十隻猴子之名，同一時間，也在政府之中被揭發開來。

「十隻猴子是嗎？」天相單手托著下巴，凝視著眼前的揭發者。

這位揭發者，是與十字幫琴姐齊名，同樣位列危險等級九的高手，破軍。

「你知道十隻猴子是誰嗎？」天相看著破軍。

破軍搖頭，但有另外一個人接了口。

「我知道十隻猴子。」接口的人，是號稱陰界最聰明的人，天機星吳用。「只是沒想到他們會從中搞鬼啊？」

「那十隻猴子是誰？」

「十隻猴子人如其名，共有十個成員，他們平常四散各處，只靠神秘訊息互相聯絡，所以要一網打盡非常困難。」吳用說，「十隻猴子中，目前第一隻猴子行蹤成謎，至今沒人看過，所以以第二隻猴子為其首腦，不過就算如此，也沒有第二隻猴子實際出手的資料或紀錄，所以他擁有什麼樣的技能也沒人知道。第三隻猴子則留下出手的紀錄，他的技與蟲有關，該是一名馴獸師中的操蟲師。」

「操蟲師？也算是馴獸師，所以是我輩中人嗎？」說話的是擁有兩隻S級陰獸的女皇，太陰星月柔。「不過操蟲師可是我們馴獸師中最黑暗的一群啊。」

「第四隻猴子的惡行最為昭彰，他專門找陽世罪犯的靈魂，進行改造與強化，就算是同樣喜歡科學和基因改造的我，也覺得他實在太過分，不，太變態了。」吳用說。

「是個變態惡棍啊。」貪狼星，掌握警政系統的男人，發出冷笑。「感覺滿對我胃口的耶。」

「第五隻猴子叫做偷夢賊，不算強，但卻擁有非常奇特的能力，他能夠穿梭陽世人類的夢境，他的能力既禁忌又危險，所以他非常低調。」

「第六隻猴子，是個美女，正確來說，她如同一隻漂亮的毒蜘蛛，獵物因為她的美麗而靠近，最後往往會墜入無邊無際的駭人恐懼而死。」吳用說，「美麗，就是她的武器。」

「美麗的毒蜘蛛啊。」白金老人笑了，「我喜歡女人，但是，我更喜歡我的錢，哈哈。」

「至於七、八、九，到第十隻猴子，則是屬於經常替換的角色，所以資料相當混亂，不值得一提，但有趣的是，第七隻和第八隻猴子被殺之後，遲遲沒有人補上。」吳用搧著手上的扇子，對十隻猴子的資料娓娓道來。「我猜測，也許早就補上了，只是這兩隻猴子頗有名氣，所以刻意隱瞞身分，不讓人發現也不一定。」

「既然都知道他們的名字，殺了他們應該不難吧？」白金老人說，「我們可是有非常健全的警備網呢，不是嗎，黑白無常兄？」

「不容易喔。」吳用搖頭。「因為只要你殺了一隻猴子，其他的猴子就會躲入陰暗處，等待時機，並找新的猴子來替補，所以十隻猴子若不一口氣殺盡，就會殺之不絕，死之不完，絕對是陰界之中最棘手的一個組織。」

「那該如何處理他們？」

「其一，就是與黑幫聯手。」吳用說到這，微微一頓，似乎在觀察眾人反應。「我們政府在明，黑幫在暗，兩者聯手，方可將其斬草除根。」

「和黑幫聯手，不可能。」天相沒有第二句話。「其二呢？」

「那就只能走第二種方法了，十隻猴子一定平常藏匿各處，但一張召集令，會讓他們聚在一起。」

「哦？什麼召集令？」

「這張召集令，就是……第一隻猴子出現的時候。」

「哦？」

「這召集令，他們有個說法，叫做……」吳用說到這，原本瞇著眼一副快睡著的樣子，突然目露凜冽寒光。「『七殺歸位』！」

時間，拉回現在。

小靜在貓群的簇擁下，飛上了夜空，然後當他們開始下降，小靜同時看清楚了目的地。

橘黑相間的樸實建築，充滿威嚴，在陽世是正義執法之地，警察局。

「我們幹嘛來這裡？」小靜好驚訝，「你們的意思難道是，蓉蓉的消失與警察局有關？」

不過，當小靜雙腳落了地，站在警察局大門前，她又發現了新的不對勁，而且還是大大的不對勁……

這個大大的不對勁，來自於大門上頭懸掛的警徽。

在小靜記憶中，徽章上是一隻展翅的金黃警鴿，有著「警戒」、「和平」以及「效率」的意思，周圍還圍著一圈葉子，據說意涵是周而復始、不眠不休的服勤，在這樣的警徽守護下，人民能感覺到安心與可靠

如今，這徽章的圖形完全不同了！警鴿被換成了一對狼，左白狼，右黑狼，白狼嘴裡叼著鎖鍊，黑狼腳下踏著短斧，這樣的警徽讓小靜感到渾身顫慄，彷彿這間警局中駐紮的

不再是人民的保母，而是以血腥手段鎮壓人民的嗜血猛鬼。

「我們，真的要進去？」小靜看看周圍的貓群，貓群的目光則看向了帶頭的那隻虎斑小貓。

小虎。

小虎倒是沒有半點遲疑，只是回頭，對著小靜喵了一聲。

「小虎……」小靜看著小虎，突然內心湧現一股感激之情，這建築物不只古怪，一定還非常非常危險。

而小虎願意帶貓群來到這裡，肯定也冒著一定程度的危險。

小虎，是為了實現小靜的願望，而甘冒這風險的嗎？

「喵。」小虎就叫了這一聲，便往前躍去，領著群貓，踏入這棟散發著不祥之氣的橘白色建築，警察局。

剛入警察局，那專門接受民眾報案的值星桌前，一個警察正埋頭寫著什麼……

這警察制服和小靜記憶中頗有差異，一身墨黑色有如喪服，而且，當貓群穿過，那警察抬起頭來，更讓小靜差點叫了出來。

因為值星警察的臉，不只慘白如白紙，雙眼竟如兩個黑色空洞，空洞中更流下兩道豔紅鮮血，鮮血不斷地下流著，滴到了值星桌上。

「誰……」值星警察張開嘴，嘴裡面也是滿滿鮮血。

但下一秒，恐怖的臉孔就消失了。

消失的原因，是因為一隻有著俐落短毛，杏眼，鬍子潔白如雪的貓，揮出了爪子。

爪子像是一道吞噬食物的空氣，咻的一聲，就將值星警察連頭帶脖子，化為一片肉末。

「啊。」小靜還來不及慘叫，貓群陡然加速，衝向警察局內部，接下來面對的，是寬大往上的樓梯。

樓梯的第一層，牌子掛著四個字「駐警總部」。

「駐警？」小靜還沒完全理解這兩個字的意思，貓群就在小虎一聲「喵」的呼喚下，一口氣全部湧入駐警總部的門內。

接著，小靜聽到了門後傳來各式各樣的聲音，那是混合著槍聲、怒吼聲、慘叫聲、牆壁被重物撞擊、東西被撕裂的聲音，一聲接著一聲，宛如激烈無比的混戰！

混戰持續了將近一分鐘，然後槍聲逐漸變少……變輕……最後回歸到一片寂靜。

接著，門倏然而開，貓群出現。

小虎昂首帶頭，後面那三隻驕傲的白貓，暹羅、緬因，以及日本短尾貓依然緊跟在後，跟在三隻白貓之後的黑鬍子貓群緊跟在後，而更後面的則是各色貓群。

牠們快速圍住了小靜，然後再次將小靜的身軀帶起，滾滾湧向二樓。

小靜環顧四周的貓群，她發現，各色貓群之中，有幾隻貓身上帶了傷，有的左腳跛了，有的左眼瞎了，有的尾巴上面掛著幾孔槍傷，顯示剛才駐警隊門後的激戰，是確實存在的！

而當小靜被貓群帶到了二樓，她回過頭，看見上三樓的樓梯口，一個人影滾了出來，那人影一邊爬行一邊嘶吼著。

「這群貓傻了嗎？你們不知道自己惹的是誰嗎？」那人全身是血，衣服被爪子抓得破爛。「竟敢惹我們政府的警察！老子冠帶絕對不會放過你們的！」

「剛剛這到底怎麼回事？」小靜想問，但貓群速度好快，眨眼間已經到了二樓，而二樓門口掛的巨大木牌，這次上面寫的是「巡警」。

巡警的門比剛才的駐警更為氣派，同樣的，裡面散發的殺氣也更為猛烈。

小虎率領這群貓，在駐警門口微微停住，回頭，發出了低沉一聲「喵」。

這聲喵之後，各色貓群的貓頓時止步，繼續圍繞在小靜周圍，而繼續往前的，只有黑鬍貓、白鬍貓，與帶頭的小虎，這幾隻地位較高的貓種。

「啊，因為這裡比樓下更危險，所以你只派精銳部隊嗎？」小靜瞬間懂了。「小虎，你好厲害！」

以小虎為首，白鬍貓與黑鬍貓約莫二十隻貓，踏著貓群才有的無聲步伐，有如死亡河流，眨眼間就流入了巡警門內。

小靜下意識地，將耳朵摀了起來。

但門內的聲音，還是透過五指的縫隙，忠實地傳入了小靜耳中。

這次的聲音，更慘烈！震耳欲聾的狂吼聲！有如機關槍般的子彈橫掃聲！還有穿插在其中，人的嘶吼，貓的尖叫，牆壁被整個割斷的破裂聲！

聲音，硬生生持續了數分鐘之久……才終於，慢慢地停了下來。

而小靜只能把雙手抱在胸前，拚命地祈禱著。

直到，門開了。

第一個躍出的，是那嬌小卻充滿霸氣的貓影，小虎。

「喵。」小虎喵了一聲，躍過小靜身旁，又繼續往上，而牠身後陸陸續續跟出那三隻尊絕不凡的白鬍貓，還有傷痕累累的黑鬍貓群。

黑鬍貓群傷得不輕，少了眼，斷了牙，跛了腳，少了尾，足見剛才激戰的猛烈。

但小靜發現，就算受了如此重的傷，卻沒有一隻黑鬍貓眼中露出喪氣的意志，牠們眼神依舊驕傲，並且緊緊追隨著牠們領袖的背影。

「……這是夢嗎？為什麼如此真實？」小靜歪著頭，看著小虎的背影。「夢裡的小虎，好帥喔。」

而就在貓群有如漩渦將小靜身軀捲起，朝著更上一層樓前進時，剛剛才被殲滅殆盡的巡警門口，同樣爬出了一個人。

此人傷得極重，全身浴血，也許是整個樓層中少數的倖存者。

他張開滿是鮮血的嘴，嘶吼著：「該死的貓群！我們會讓你們知道，我們警察的可怕！再上一個樓層，可是我們警察系統中排行第二可怕的，刑警！」

刑警？小靜抬頭，她看見了第三個樓層口，掛著更為巨大的木牌。

木牌以千年老木製成，散發著深沉古老的山林氣息，而木牌上兩個古老而蒼勁的字，寫著……「刑，警」。

「蓉蓉的靈魂，為什麼會被困在這種地方？」小靜喃喃自語，「這種這麼危險的地方？」

貓群高速奔流著，轉眼就到了刑警大門之前。

那是一道黑色的大門，左門為白狼，右門為黑狼，散發著比樓下巡警更危險百倍的殺氣。

而小虎卻只是微停腳步，轉頭「喵」的一聲。

這次，退到小靜身邊的不再只有多色貓群而已，更加上了二十幾隻黑鬍貓，換句話說，要從刑警之門進去的，只剩下四隻貓了。

小虎，還有三隻白鬍貓。

精銳中的精銳嗎？小靜內心不由得湧現了這句話，那到底為什麼蓉蓉消失的靈魂，會被困在這裡呢？

為什麼蓉蓉的靈魂，會被困在警察局呢？

答案很簡單，是因為「錢」！

她很不幸的，被地獄政府中最愛錢的某個人相中了。

時間回到數日前，蓉蓉因為唱畢〈夜雪〉而精疲力竭，陷入昏迷時，她發現，眼前突然站了一個人。

這人身材高瘦，約莫三十五、六歲，西裝筆挺，打著朝氣十足的亮橘色領帶，身材壯碩像是經常上健身房，而且這人一出現，雙手立刻遞上名片。

「你好，敝人是專司處理投資理財的政府人員，隸屬於六王魂白金老人部門。」那男子露出白牙，如此說。「我們家老闆，看上了您優秀的能力，特地找我來接您的。」

「接……接我？」

「當然，這是一個秘密行動，不可以讓別人知道，您的歌聲能製造又純又濃的極品美酒，我們只要透過裝瓶與加工，必定能以極為驚人的高價販售，嗯，您一定能替我們帶來巨大的財富。」

「為什麼……為什麼我要替你們……製造……財富？」

「嘻嘻。」

「笑，笑什麼？」

「因為我們是人人痛恨，唯利是圖的地獄政府啊！」那打著橘色領帶的男子笑得依然開朗陽光，但說的話卻令人毛骨悚然。「而妳，只是我們相中的一個貨物。」

「我，我不要，我要回家……」蓉蓉尖叫，轉身要跑，忽然間，她感到脖子被套上了某個冰涼的物體，竟是一條鐵鍊。

「這是魂鍊，被綁上的陰魂就逃不掉了，嘻嘻。」橘色領帶的鬼如此說著，「啊，妳看我，都忘記自我介紹了，在下姓鬼名付寶，全名『鬼付寶』是也。」

「鬼……鬼……付寶！」蓉蓉聲音顫抖，「你是鬼！」

「是鬼啊，不然妳以為自己現在在哪？妳在陰界啊，寶貝。」鬼付寶吹著口哨，拉著手上的鐵鍊，把蓉蓉也跟著往前拖。「從陽世硬抓魂魄是違法的，俗稱煉陰兵，但不能說我們煉陰兵喔，當妳用盡全力唱了〈夜雪〉，扭轉了妳對手的〈夜雪〉，其實就一腳踩入陰陽兩界了，而我老闆呢，只是叫我順勢把妳拖進到陰界而已。」

「扭轉？一腳踩入陰陽兩界？」蓉蓉只覺得脖子好痛，被不斷地往前拖，只能順著往前走。

而眼前，鬼付寶走到了大路邊，伸出手，攔住了一輛計程車。

並且半拉半扯的，將蓉蓉拉進計程車內。

「嘿，計程車，去政府大樓，經濟部。」鬼付寶說。

「喔好。」那計程車司機戴著厚重的帽子，帽簷壓得低低的，看不清楚臉上的樣子。

鬼付寶心情很好，也沒有特別對計程車司機說什麼，他繼續對蓉蓉嘮嘮叨叨。

「這說來複雜，啦啦啦，放心放心。接下來妳的生活會過得很單純，沒什麼煩惱，我們先會在妳的臉上裝一個工具。」

「裝……裝什麼工具？」

「『黑暗絕倫歌聲擠乳器』。」

「黑暗絕倫歌聲擠乳器？」

「是的，」鬼付寶笑得親切，卻讓蓉蓉打從心底發毛。「妳就想像它是乳牛的擠乳器，但它是裝在嘴巴上的，妳的歌聲能夠創造極品的酒泡，但總不能想唱才唱，透過黑暗絕倫歌聲擠乳器，不只能讓妳的酒產出量穩定，還能創造出超過本來十倍以上的量。」

「裝在嘴巴上？像是乳牛擠乳器？」蓉蓉想到那金屬的擠乳管裝在自己嘴巴上，然後管線顫動，將自己的歌聲像是乳汁般源源擠出，她就感到渾身顫慄。

「一直產乳當然消耗體力，但妳不用怕，我們會給妳品質最好的能量食物，讓妳身體處在最好的狀態，這樣應該可以維持十年……不，甚至二十年都沒問題！」鬼付寶繼續笑著。

「這樣的日子，要……要二十年？」

「沒錯，我保證，上次養的那個歌聲乳牛，嗯，本來可以活二十年的，但在第三年她就自我了斷了，真是傻，每天可以吃得那麼飽，又不用擔心什麼事，怎麼那麼想不開呢？」

「自我……了斷……」

「不過，妳放心，經過幾次自殺事件，我們已經對防堵這樣的事很有經驗了。」鬼付寶笑得親切，也笑得陰森。「如果妳想死，絕對，絕對死不了的。」

我會讓妳，想死，也絕對死不了的。

聽到這句話，蓉蓉只覺得全身發冷。

救命……

小靜，妳在哪？快來救我啊……

載著鬼付寶和蓉蓉的車子不斷地往前開著，忽然，鬼付寶察覺到了異樣，因為車子竟然停在紅綠燈前，任憑燈號由綠轉紅，再由紅轉綠，卻動也不動。

「嘿！司機！你要幹嘛！」鬼付寶聲音提高，透露出警覺。

「司機？鬼付寶，你好像有點掉以輕心了啊。」司機回過頭，那是一張似男似女的臉孔，明明是陽剛的五官，卻有著女子的嬌媚，若說是陰柔的女子，眉宇之間卻又充斥著男子的煞氣。

「能夠自在變化外貌？所以你是警察系統中『特警』的封……封皓星，若男？」鬼付寶的臉色極為難看。「妳，妳什麼時候……」

「易容化妝是我的強項啊。」若男笑著，「難道，你覺得只有自己盯上這奇貨嗎？我們警察系統也是很飢渴的呢。」

「警察系統……所以，貪狼星黑白無常，也打算搶她？」

「不算搶。」若男笑著，「說要販賣歌聲，你們白金老人系統才有銷贓的管道，所以，我們警察系統是來談合作的。」

「合作？」

「是的，人，我們警察局來保護，而錢，咱們一人一半。」

「什麼保護……」鬼付寶咬著牙，「你們根本什麼都沒有出好嗎？硬要分一半，這麼惡霸的行徑，真不愧是警察系統！」

「怎麼樣？」若男笑著，「你也知道招惹我們警察系統的可怕，我們可是被稱為陰界的黑警呢！怎麼樣，答應不答應呢？」

「……」鬼付寶狠狠地看著眼前這似男似女的若男，如果在這裡打起來，自己絕對不是若男的對手，更何況警察系統從特警以下，還有刑警、巡警，到駐警，散布在全國各處，其勢力之強，僅次於政府系統中的「軍隊」。

惹不起，真是他媽的惹不起啊。

想到這裡，鬼付寶只能嘆了大大一口氣，乖乖的拿起了電話，「我得問問白金老人。」

「請打。」若男嘿嘿地笑著，「如果白金老人有意見，跟他說，可以直接找我們家的黑白無常，當然，順便和他說，他不只會丟掉這貨，還會丟掉一個得力助手，那助手的名字……啊，你剛剛怎麼自我介紹？你說是『鬼付寶』是嗎？」

「哼。」鬼付寶瞪了若男幾秒，才又繼續和電話中的對方嘮嘮叨叨。最後，鬼付寶放下電話。「七三分，我們七，你們三。」

「五成五，四成五。」若男聽著電話，搖了搖頭。

「六四，我們六，你們四。」鬼付寶再次拿起電話談判。

「……」若男說了幾句，最後點頭。「可以，成交。」

「嗯。」鬼付寶點頭，「但前提是，誰都不可以往上報，尤其是孟婆或是天相。」

「當然。孟婆掌管鬼差，是個囉唆又麻煩的老太婆，至於天相嘛，我們這些小事，不用勞煩他老人家。」若男笑。「那接下來，保護貨物這重責大任，就交給我們警察系統吧。」

「哼。」鬼付寶冷哼一聲，說是保護，根本就是要把貨物牢牢握在手上吧。

「那就出發吧。」若男再次踩動油門，車子頓時往前。

而蓉蓉將這一切聽在耳中，只覺得全身發冷，她像是一個貨物，正被搶奪著嗎？她連任何選擇的權利都沒有？甚至連，自我了斷的機會也會被完全斷絕嗎？

只是，車上三人都沒有注意到的是，當車子從緩緩向前到加速消失在路的另一端，街道角落，一個小身影，踩著高雅的步伐走了出來。

小小身影抬起了頭，發出了一聲……

喵。

這貓叫聲乍聽之下細微，卻彷彿承載著強大無比的能量，將她所聽到與所看到的一切，遠遠地傳了出去。

貓咪的聲音，透過散布在陰界各處的貓咪，一聲接著一聲，有如接力賽般，終於傳到了貓群最大的巢穴之中。

貓街。

貓街中，那個身影，似乎等待這消息已久，牠從窗沿輕輕躍下，當牠躍下，所有的貓都肅然起身。

「喵。」牠一聲喵，然後躍入了貓街最角落的黑暗之中。

於是，貓群也隨著牠，一起躍入這片黑暗中。

而黑暗的另一頭，正是明亮潔白，專門提供生病與休養的醫療集合地，醫院。

醫院中，一個少女正為另一個少女安靜默禱著，那兩個少女，正是小靜與蓉蓉。

而那名為小靜的女孩，因為一聲喵，而露出驚訝的神情……

然後，貓群或小靜都隱隱知道了，等待在他們眼前的，將會是一個充滿暴風的午夜。

第三章・使壞

陰界，某家毫不起眼的便利商店內。

「多力多滋餅乾，嗯，可樂果也不錯，啊，再來一包OREO，這可是用美國特產地甲魚體內的汙泥肺製成巧克力，這起司餅也厲害，是地下道六翅葉蚊的卵製造而成，好吃，對了，再兩包衛生紙嘿。」此刻，只見莫言和橫財兩人，不斷地從貨架上取下各式各樣的零食生活雜物。

然後，再全部都堆到琴的雙手上。

「幹嘛啦你們，你們買這麼多是要幹嘛？橫財，小心發胖，啊不，你早就已經胖了……」琴的臉，已經快要被堆積如山的食物給淹沒，幾乎看不到了。

「再來兩碗『萬毒莫贖的慷師父』，半箱『甜到這世界就算滅亡還是會繼續喝的阿薩姆奶茶』，五瓶『真。良心企業，義氣真美麗系列』的奶茶嚕。」橫財蹲著身子，不斷把手上的食物往後甩，甩在琴的手上。

不愧是甲級陀螺星，完全不用眼睛看，就可以穩穩地丟到琴的雙手上，而且精巧地不斷往上疊，疊到逼近天花板，但就是一個都沒有掉下來。

「買……買……太多了啦。」琴嚷著，「我，我快拿不動了。」

「拿不動？前些日子在道幫混，是混假的嚕？」橫財哼的一聲。「用點道行好嗎？」

「好像差不多嘿。」莫言看了左右再看了琴幾眼，滿意地點頭。

「是差不多嚕。」橫財也點頭。「所以，小妞，去櫃檯吧。」

「我？」琴為之氣結，「這些垃圾食物全部都是你們買的，要我結帳？」

「誰要妳結帳嚕。」

「咦？」

「我要妳，把東西摔在櫃檯上，然後告訴店員……」橫財嘿嘿的笑著，「妳，一毛錢都不打算付！」

一毛錢都不打算付？琴睜大眼睛。

「你們在開玩笑嗎？」琴叫著，「你們兩個一個偷一個搶，一個比一個有錢，幹嘛不付錢，不然我自己付，雖然我只有在道幫時的微薄薪水，但……」

「不可以付嘿！」莫言笑。「因為，這可是計畫之一。」

「計畫……」琴眉頭皺起，買一堆垃圾食物，然後叫別人去櫃檯說不打算付錢，這是什麼鬼計畫？

這樣的計畫，真的可以找到僧幫總部嗎？

當琴把這堆東西，堆到櫃檯上，然後用支支吾吾的聲音說出：「嘿，我，我不打算付錢……」的時候，坦白說，琴覺得自己從脖子到臉，全都燙得跟火一樣。

這絕對是她從陽世二十幾年歲月加上陰界數年歲月以來，最窘，最想把頭埋到地板裡面的時刻。

但她還是做了，因為那個臭莫言說，這一招有效。

而琴也暗暗發誓，如果這麼做沒有效，她等一下一定要親手把莫言的頭扭下來。

這時，眼前這個看起來約莫二十出頭，帶著陽光氣息的店員小男生，聽到琴這樣說，露出了吃驚的表情。

「大姐姐，妳在開玩笑嗎？」年輕店員看著琴。「這些東西又不貴，都只是一些零食……」

「是的。」琴的臉還是很紅。「我，我不打算付錢。」

「哈，大姐姐，其實我覺得妳長得滿漂亮的，要我付錢請妳也可以喔。」年輕店員笑容依然陽光。「但我有個小小的請求，把妳的電話或是line留給我，好嗎？」

「欸，」琴額上青筋跳了兩下，「我是說，我不打算付錢啦！」

「大姐姐，這樣就有點困擾了，我不介意請妳，但我們僧幫規定，一定得付錢，」年輕店員露出困擾的神情。「別逼我啊，大姐姐。」

「對，我就是不……不付錢啦。」琴想起莫言和橫財的耳提面命，更想起他們兩個正站在後面盯著自己。

「這樣啊。」年輕店員慢慢嘆了一口氣，蹲下身子，好像要從櫃檯下面拿出什麼。「這樣我就沒辦法了，妳知道，我們幫派是這樣，如果遇到不付錢的客人，我們通常不報警，我們會自己處理。」

「自己處理？」

「因為，我們習慣可以自己搞定，因為我們是僧幫。」年輕店員從櫃檯下方抽出了一根棍狀體，越抽越長，越抽越大，等到完全抽出來，琴忍不住倒吸了一口涼氣。

這根棍狀體，其實是一根狼牙棒，但高度足足有四公尺，頂到了天花板，而寬度呢，幾乎是一輛摩拖車的橫寬，而狼牙棒上的每根牙齒，都等於一個拳頭大小。

「這麼大的東西，怎麼可能塞在你下面的櫃子裡？」琴仰著頭，看著大到有如巨人兵器的狼牙棒。「實在不合理啊。」

「這裡是陰界啊。」年輕店員，以雙手抓著狼牙棒，開始像螺旋槳一樣甩動。「大姐姐是第一天來的菜鳥嗎？菜鳥還敢在僧幫的地頭上，堅持不付錢？雖然說大姐姐妳的外表，真的是我的菜……」

每轉一下，所帶起的風，都讓琴的長髮飛揚。

「這意思是……」琴看著狼牙棒越轉越快，風也不斷增強。

「這意思是，請不要惹我們黑幫啊！」說完，年輕店員手上的狼牙棒改變了方向，朝著琴直甩了過去。「漂亮的大姐姐！」

「可不可以不要一邊說我是漂亮的大姐姐，一邊用這麼兇猛的武器揮過來呢？」琴右腳微微往後踩，左手直握，右手後拉，帥氣的彎弓姿勢已然成形。「因為這樣會讓我對自己的力道，難以拿捏呢。」

然後，就在巨大狼牙棒打到琴面前的瞬間，一片燦爛火花在狼牙棒上爆開！

緊接著，一個物體不斷旋轉飛離，最後砰的一聲撞入了便利商店的天花板。

仔細看去，原來那物體，是一截被硬是切斷的狼牙棒。

狼牙棒斷了？這年輕店員顯然也意識到了這點，但他年輕的五官只是微微扭曲了一下，再次握緊半截狼牙棒，在下方劃了一個漂亮的弧線。

這弧線的攻擊角度相當漂亮，從琴的左側下方急甩而來，幾乎是人類眼睛死角的位置。

不過，他的對手畢竟是琴，畢竟是從各大甲級星，每個都是危險等級破五的怪物中存活下來的琴啊。

「攻擊角度不錯，但是在我『電感』的網路下，沒有什麼死角喔。」琴此刻臉不紅了，反而享受著戰鬥的樂趣，她左手後發先至，已經抓向了這個突擊而來的狼牙棒。

然後，就在她纖細小手要被狼牙棒的尖刺貫穿之時……她的掌心浮現了隱隱的紅色閃電。

接著，當狼牙棒狠狠擊中琴的手掌之際，意外的，沒有聽到女孩的尖叫，也沒有聽到骨骼碎裂聲，唯一剩下的是年輕店員沉重的喘氣聲，還有他的慘叫聲。

「媽啊，帶電！」年輕店員被狼牙棒傳來的猛烈電勁，電得是眼睛上翻，鼻孔噴煙，頭髮更因此往外炸開，然後一根根像是麻花捲一樣捲曲起來。

「啊，下手會不會太重？」琴滿臉歉疚，「我只用了一成力，你看，雷電是紅色的……如果我用了黃色，就怕你會受不住啊。」

「不，不會受不住……」年輕店員雖然造型已經完全改變，從本來的乾淨陽光少年變成木炭般的烤焦男孩，但笑起來的白牙依然可愛。「大姐姐好威，這麼威，不只是我的菜，更是我的天菜。」

「是，是這樣嗎？」琴抓了抓頭。

「不過，大姐姐我最後還是得問，妳確定這堆零食，真的不用我幫妳代墊一下錢嗎？」年輕店員咳出了一口被電過之後產生的濃煙。「這是最後機會了，我真的可以喔。」

「沒辦法哩。」琴嘆氣。「這是我人生罕見的做壞事，得堅持下去啊。」

「那，真的太可惜了啊，我們僧幫混了這些年只有兩字：誠信，我們不負人，人也不負我們，才是生意之道啊！」年輕店員舉起了剛剛通過電的狼牙棒，然後用力往櫃檯一打。

這聲打擊聲一落，整個櫃檯突然開始閃爍異常紅光，閃了十餘秒才停止。

「這是什麼？」琴看著那櫃檯。

「妳很快就會知道了。」年輕店員慢慢地軟倒在地上，「大姐姐，妳剛剛的電擊威力有點強，我得小睡一下，如果可以，妳把妳的聯絡方式放在桌上就好，我起來以後一定會打電話給妳。」

琴看著這個年輕的大男生，她忍不住嘴角揚起，這小男生真的不會讓人感到討厭。

當這年輕的帥氣男生完全昏倒在櫃檯後，琴聽到了便利商店的門傳來叮咚一聲，不知道何時門外停了送貨的卡車，而送貨員正推著一台推車，走了進來。

他穿著和剛剛年輕店員有些類似的制服，看了一眼躺在櫃檯邊昏迷的店員，又看了看琴，然後這名送貨員沉思了一秒，慢慢拿出了掛在背後的簽收單。

「妳好。」送貨員看著琴，「我隸屬僧幫，員工編號 130201，綽號阿車仔，職務是高階送貨員。」

「嗯。」

「我收到這據點的請求支援訊號。」送貨員阿車仔笑，「所以趕過來了。」

「請求支援訊號嗎？」琴聽到了門外的汽車聲音正在增加，而且似乎都朝著這個方向而來。

「是的，按照我們僧幫的速度，約莫三分鐘，就會有三十個送貨員趕過來了。」阿車仔這樣說著，「妳知道的，要支持一個這麼巨大的便利商店網絡，物流與速度，絕對是關鍵。」

「所以？」

「所以，」阿車仔將手上的簽收單往前遞給了琴。「我想請妳在上面簽名，並且支付購買物項二十倍的金額，這金額主要是支付我們物流的交通費用。」

「如果我不簽呢？」

「那妳很快會知道，」阿車仔看著琴，眼神中霸氣十足。「我們三十個僧幫送貨員的可怕之處。」

「可怕之處嗎？」琴右手微微握住，紅色道行以美麗的光影在她手上流動，一把絕美的弓形兵器在電光中成形。「我真的很期待，嗯，我人生第一次做壞事，究竟能把事情搞多大呢？」

琴笑了，淘氣十足地笑了。

陰界，便利商店。

首先衝過來的，是一台推車。

送貨員一腳踩在推車上，另一腳在地上往後推進，把原本用來送貨的推車，當成年輕人極限運動的滑板車來使用。

看似古怪，實則強得可怕。

不只速度快，動作靈巧，更有著一般滑板車所沒有的……重量與破壞力！

跟在第一台推車後面，另外兩個送貨員也踩上推車，一起滑了過來，三台推車在便利商店中，圍著琴來回環繞。

然後喀的一聲，三台推車同時飛起，由上而下朝琴壓了下來。

「電感。」琴抬起了頭，在她眼中，三台車不再只是三台車，而是三個由各種軌道交織而成的網絡。

每個軌道都有自己的路徑，但在電感的世界裡，每台車也都顯露出了自己的破綻。

琴淡淡一笑，一個矮身往前，便從這三台車中所出現的一百四十六個破綻裡面，選了一個最輕鬆的破口，毫髮無傷地鑽了出來。

「哎喲，閃得不錯喔。」一旁的橫財忍不住低吹了一聲口哨。「這小姑娘有點變強嚕。」

「尚可而已。」莫言口中雖是如此說，臉上卻不由得露出得意的表情，竟有如女兒被稱讚後的父親。

但琴才脫離三台推車的攻勢，眼前又是五個送貨員迎面衝刺而來，他們雙手捧著紙箱，如同每晚他們固定所送的貨，然後朝著琴同時甩出紙箱。

紙箱在空中打開，裡面的物品登時如花朵般落下。

衛生紙？

整包整包綠色舒潔衛生紙，完全遮住琴的視線。

正當琴因為這一招而錯愕之際，左邊忽然傳來一陣火燙，琴轉頭，卻見二十幾個帶著火的便當迎面而來。

「好一個現烤急送！不過也烤得太高溫了吧。」左邊來火，琴倉促之間只能往右邊躲，但在她右邊，卻傳來陣陣寒意。

冰棒、冰啤酒、冰水、冰食品，各式各樣需要低溫冷藏，炎炎夏日中人們心靈寄託的冰品，挾著鋒利冰刃，滾捲而來。

琴知道不可逆其鋒，就怕皮肉被捲得血肉模糊，她右腳腳跟往後一踩，身形頓時退了半尺。

前有衛生紙，左有現烤急送熱便當，右有夏季最夯冰品刃，琴似乎只能選擇後退了。

這一退，卻看到橫財搖頭。

「敵人顯然練過陣法，就是要逼得妳後退嚕。」橫財皺眉，「這小妮子怎麼搞的，空有資質，臨場對戰一場糊塗？」

「哼，她臨場是少了點，她才來陰界幾年嘿。」莫言哼了一聲，「不過，笨蛋的腦袋向來不好，所以靠的向來不是腦袋，你等著看好啦。」

靠的不是腦袋？琴的耳朵隱隱傳來這句話，正打算轉身扠腰回嘴，吐槽莫言。

忽然，她感到腳一滑，手腳似乎都被厚紙黏住。

「這是……包裹？」琴訝異，「啊，對，便利商店送貨員最常送的除了生活用品、熟食、冰品，還有包裹！」

琴的這一退，身形陷入一場糊塗的包裹之海中，包裹中的內容千變萬化，五花八門，神出鬼沒，光怪陸離，吃的喝的看的住的走的唱的，頓時把琴的電感能力斷得一團混亂，也就在此刻……「最後一送」來了。

這「最後一送」，送的卻是人。

人，就是三十個送貨員，將力量全部集中於右手，同時轟向了身陷於推車、生活用品、冰品、熱食，還有包裹中的琴。

「結束嚕？」橫財哼的一聲。

「還早嘿。」莫言則是笑了一聲。

當所有的物品都慢慢飄落在地上形成一堆小山時，所有送貨員的表情都變了。

他們神情會變，不是因為看到什麼，也不是因為吃壞了什麼拉肚子，因為他們發現自己的身體，麻麻的，痛痛的，甚至是動彈不得……這樣的感覺，有個專有名詞，就叫做「觸電」！

他們觸電了？

為什麼觸電？

因為，他們招惹到的人，用的技法……正是「電」！

「給我全部，滾開吧！」這堆雜物小山中，爆出有如火山炸裂般的電能，電能透著橙色光芒，射向便利商店的每一處，天花板、貨架、櫃檯、垃圾桶、桌椅……

在這片電光中，三十個送貨員各自找了自己適合的位置，撞了上去，有的頭塞入了垃圾桶，有的身體嵌入了貨架上，有的插入天花板只剩下一雙邋來邋去的腳，還有的硬是被黏在牆壁上，形成新的人體廣告。

三十個送貨員，一口氣全部收拾。

「呼，呼，呼呼。」琴從雜物堆中站起，突然伸出手，比向了莫言。「呼，剛剛，你說，誰是不靠腦袋？誰是笨蛋？」

「這種打法，妳還敢說妳靠的是腦袋？妳根本只是靠蠻力把所有人震開而已啊。」莫言嘆氣。「妳可知道，妳接下來會遇到什麼？」

「遇到什麼？」

「妳把架打得如此轟轟烈烈，接下來會遇到的，是便利商店系統中比送貨員等級更高的……」

「更高的什麼？」

「稽核員。」

「欸？」琴一撥凌亂的長髮，露出長髮下那有些任性的漂亮容顏，正要說話……忽然，她察覺到了，商店中，不知何時多了一個人。

這人手拿著一塊墊板，墊板上有著一份清單，一手放在腰後，一手轉著原子筆，左顧右盼，似乎在審查著什麼……

「這樣的擺放方式，不對啊。」那人說話時，額頭有著好深的抬頭紋，那是一種讓人渾身不對勁的抬頭紋。「衛生紙扔在地上，包裹被打開胡亂撒落，冰品熱食沒有分開，這樣的擺放方式，實在需要被……稽核啊！」

而就在這稽核兩字響起，琴忽然感到背脊微寒，這個人，竟然已經轉著手上紅原子筆，陡然出現在琴的面前。

然後，用紅筆在紙上，用力劃上一橫。

這一橫下去，琴頓時感到腳上膝蓋一痛，竟是一條與紅筆同向但粗大十倍的血痕。

「這是什麼能力？」琴退了兩步，她見紅了？

「稽核員的能力。」那名看起來約莫四十歲，說話有深深抬頭紋的男人如此說著。「當然就是稽核啊！」

說完，又是一筆下去。

琴的左手手臂，又是一條血痕濺出。

「隔空傷人？這裡有這麼棘手的能力？」琴用右手摸著自己的手臂，黏膩的鮮血，沾滿了她的右手掌心，雖然在陰界傷口的復原與能量強弱相關，斷肢可以回復，手殘可以修正，但若傷得太重太多，耗盡能量還是會一命嗚呼的。

「就是啊，貨物亂擺，環境髒亂，服儀不整，笑容不親，這些都是我們稽核員的工作勒。」眼前這便利商店稽核員露出笑容，同時對著紙上，又是一劃。「新的一條，左臂流血汙染環境。」

「喵的勒，左臂的血明明就是你搞出來的。」琴感覺這次是後背，一條冷風過去，她背後的衣服被劃開，一點一點的血珠，從背後傷口慢慢滲出。

只是看到琴如此狼狽，一旁兩個甲級星，卻還是談笑自若，他們撿起剛剛被雷電轟得四散一地的餅乾，撕開紅色可樂果包裝，開始喀啦喀啦地吃起來。

「這種遠距離的攻擊能力，真的有點麻煩。」莫言塞了一大口可樂果，才吃了一口眉頭就微皺。「搞什麼，重乳拿鐵口味的可樂果嘿？」

「重乳拿鐵口味算什麼嚕？這裡還有炒海瓜子、鹽酥雞、辣滷味、麻辣鍋口味……而且還有巨無霸的可樂果。這些怪口味……聽說從陰界傳到了陽世，還引起了風潮勒。」橫財搖頭。「遠距離的能力者通常攻擊力不強，但這樣一刀一刀劃下去遲早會耗盡這女孩的體力，不知道她會怎麼處理嚕？」

「她嘿，」莫言將一塊拿鐵口味的可樂果，放到嘴巴，眼睛則是目不轉睛地看著前方的戰鬥。「一定會有辦法的。」

「可別還沒進到僧幫，就在這裡被淘汰嚕。」橫財塞了一整口各式各樣口味的可樂果，眼睛同樣沒有一秒離開琴的身影。「女孩。」

前方的戰鬥中，琴身上帶了不少傷口，所幸都傷得不深，也許真如橫財所言，稽核員這種專屬於遠距離攻擊的道行者，無法展現一擊必殺的威力。

但也如橫財所說，就算傷口都不深，但拖下去琴的能量遲早耗乾，最後取得勝利的人依然會是稽核員。

所以，琴必須積極反攻。

只是，琴會怎麼反攻呢？

橫財歪著頭，突然間他想到，哼，怎麼連自己都對這女孩感興趣起來了呢？

「遠距離，就要用遠距離來破解！」琴一個回身，優雅且曼妙的動作，做出了左手前右手後的拉弓動作。

現。

右手手心那柄雷弦，展現其暴力且美麗的弧度，左手往後拉去，一把橙色箭體已然出

「出……」琴低喊，左手才要鬆手，忽然又是一陣劇痛傳來。

因為，眼前的稽核員，正用手上的原子筆，用力在紙上卯足全力的一劃！

這一劃，頓時讓琴的左手感到一陣劇痛，被灌注飽滿道行與傷害力的橙色箭體頓時歪斜，咻的一聲，擦過稽核員的耳邊，射中了便利商店的玻璃，炸裂了整片玻璃後，飛到了遠方去。

「真糟糕，又多了一項不及格，便利商店怎麼可以沒有玻璃呢？蒼蠅蚊子蟑螂，還有奧客爬進來怎麼辦？」稽核員搖頭。「便利商店的教育不能等，不能等啊。」

「可惡，明明就是你害我射破玻璃的……」琴看著自己左手手臂上的血痕，她咬牙，再次拉弓。「再一箭！」

右手持弓，左手拉弦，這動作是琴在道幫的倉庫中，反覆練習不下千萬次的動作，沒有絲毫滯怠，沒有半點多餘的動作，又快又準，轉眼就要完成。

但偏偏就是琴要完成之前，左手又是一痛。

疼痛，讓已經習慣這動作的琴產生了偏差，箭再次歪斜，橙色箭體不再銳利，變得歪斜無力，在稽核員的腳邊落下，炸出一個僅有威勢，但毫無威力的大洞。

「地板也不及格！必須稽核！」

「分明就是你害的，還敢登記？再一箭！」琴再次咬牙，她又拉弓，又是右手在前，

左手拉弦，又是一個演練了千萬次，沒有半點破綻的動作。

但就是一樣的動作，又換來同樣劇痛的左手，又是一根歪斜的橘色之箭。

這次穿入天花板，把白色的天花板炸出一個大洞，還伴隨像是瀑布般的白色粉塵。

「天花板破了？這也不行！必須稽核！」

「哇啦！氣死我了！明明就是你害的！」琴又再次拉起了弓。

而看到同樣的攻防順序不斷上演，一旁的橫財吞下整口的巨無霸可樂果之後，忍不住眉頭深鎖。「笨笨笨笨！她難道不知道自己的攻擊方式太過單調，剛好對了稽核員的胃口嗎？換個拉弓方式，換手射箭難道不行嗎？還是只要改變了射箭方式，箭就射不準了？」

「過於單調的射箭方式嗎？」一旁的莫言，露出沉思的表情。「這小女孩雖然不夠聰明，但應該不至於變化姿勢，箭就射不準啊，關於武學的資質，她應該是有的，她堅持用同一種射箭方式，究竟是……」

琴的左手已經滿布傷痕，但她卻依然用相同的姿勢，右手握住雷弦，左手拉弦，繃緊，瞄準，放開。

所有動作一氣呵成，完美而乾淨俐落。

只是，這份乾淨俐落並沒有得到戰鬥之神的垂憐，稽核員的紅色原子筆用力一劃，琴的左手再次劇痛，箭，又再次歪斜。

化成一條亮橘色的光之線，在稽核員的左臉旁邊十餘公分處，擦了過去。

這箭又失了效，但卻有一點與剛才不同，那就是稽核員多了一個動作，即是當箭過去，稽核員將自己握住原子筆的手朝上，打開手心，手心竟是滿滿的冷汗。

剛剛那一箭，是不是比上一箭更快了？不，應該說這女孩的一箭快上一箭，而且每一箭都離自己的身體，益發近上幾分。

這樣下去，會是這女孩的左手先殘廢？還是她的箭先射中稽核員自己呢？

稽核員還在驚疑之際，他又感覺到前方發出滋滋的聲響，那是電流開始運轉的死亡鈴聲，如今再次開始響起。

而眼前的女孩，右手再次握弓，雷弦現影，左手拉弦往後，然後橙色箭體又順勢出現。好快。

不只沒有半點多餘的動作，更透過反覆的攻擊，女孩讓自己的動作更俐落，力道運用更精準，身體更加協調穩固，看她拉弓，已經成為一個宛如舞蹈與藝術的結合。

更重要的是，實在太快了。

快到女孩的左手已經離弦。

而稽核員的紅色原子筆，卻距離紙面還有零點一公分，來不及劃下威脅力十足的一筆。

「這一次，我的箭……」琴微笑，「總該快過你的原子筆了吧。」

稽核員表情驚悚，只能看著橙色光芒離自己的腦門越來越近，越來越近，他腦海中仍然困惑著，原來陰界之中，真的有人能以這麼快的速度在戰鬥中學習與進化？

而他，終究會成為這次奇蹟的見證者，而觀賞門票的票價則是……他的命！

箭，橙色光芒，最後有穿過稽核員腦門嗎？

並沒有。

因為另一把箭，箭體是道行更加豐沛強大的金黃色，緊跟著從琴的手上射出。

而且金黃箭的速度更快，威力更猛，竟然後來居上，追上橙之箭，更一口氣將橙之箭擊歪！

而歪斜的橙之箭，糾纏著黃之箭，最後兩箭一起帶著驚人氣勢，衝入了便利商店的廁所。

雙箭引動轟隆隆電光，在廁所內持續轟炸著，持續了數十秒才終於結束，而從混雜在電光聲中的慘叫聲判斷，似乎有人正在便利商店廁所中龜縮著，而他才是這箭的唯一受害者。

稽核員愣愣地看著被黃色箭打歪的澄色箭，他忍不住問：「妳，為什麼救我？」

「又沒有深仇大恨，幹嘛取人性命？」琴甩了甩滿是鮮血的左手。「我想你也應該對我手下留情吧？身為稽核員，你應該有更具殺傷力的絕招吧？」

「嗯。」稽核員看著琴的左手。「不過，妳的黃箭比橙箭更快，妳若早點使出，不就早點取勝嗎？」

「不行不行啦。」琴搖頭。「黃箭得留著。」

「為什麼？」

「如果我的橙箭快到可以射中你，」琴笑得爽朗，「我就得靠更快的黃箭才能救你啊。」

「所以……」此刻，這名稽核員眼睛睜大，「妳忍耐被我劃了這麼多筆，堅持不用黃箭，只為了怕不小心殺死我？」

「嗯，很怪嗎？」琴笑了一下。「我們畢竟沒有深仇大恨，何必分出生死？」

「不是怪。」稽核員低著頭，似乎在沉思著。「是令人懷念。」

「令人懷念？」

「是的，這是黑幫曾經有的精神。」稽核員抬起頭，臉上表情更為嚴肅。「在此，我再認真自我介紹一次，我是僧幫稽核員，資歷六十二年，現任三線，我的名字叫做化九九。」

「嗯，」琴點頭。「化九九，你好。」

「我不懂，妳為什麼要一直鬧事？」

「我，」琴吸了一口氣，想起莫言在這場戰鬥前，不斷對她耳提面命的那句話。「我想要……」

「想要什麼？」

「想要請你……」琴說，「把我抓到你們的僧幫總部！」

「把妳抓到僧幫總部？」稽核員化九九表情扭曲，乾笑兩聲，但看著琴認真的表情，隨即收起笑容，拿起電話，低聲說了幾句話。

「……」琴看著化九九，安靜地等著他將電話講完。

「妳真是一個奇特的人，總部竟然答應要抓妳了？」化九九臉上露出古怪的笑容，笑容中有輕鬆，似乎也有一點戒慎。「……就在三分鐘後，總部就會派一輛車來接妳了。」

「是嗎？」

「如此奇特的女孩，請告訴我……妳的名字。」化九九語氣認真。

「我哪裡奇特啊。」琴笑了。「不過告訴你我的名字，是絕對沒有問題的……我的名字，就叫做琴。」

「琴嗎？」化九九閉上眼，似乎想了一下。「我記住這名字了。」

「嗯。」琴微笑。

「車來了。」化九九比著門外，一輛卡車已然停住。「歡迎光臨僧幫，請為妳剛剛的使壞，付出代價吧！」

第四章・無道

「刑警」兩字，被刻在一塊古老巨大，充滿斑紋的老木頭之上，而這層樓的門，更比下面樓層大上了一倍有餘。

左門白狼，右門黑狼，滿溢的陰森鬼氣，從半敞的門後，不斷湧出。

就算小靜生活在平靜的陽世，沒有經歷過太多生死血戰，也知道此門之後，所棲息的強豪惡鬼，絕對比剛剛二層恐怖百倍以上。

故此，小虎這次只欽點了三隻白鬍貓隨行，緬因貓、暹羅貓，以及日本短尾貓。

沒有貓群，沒有黑鬍貓，所有等級不夠高的夥伴，若入此門，只是徒然犧牲性命而已。

「喵。」當陣容決定，小虎不再猶豫，一聲輕喵之後，化作一道灰黑色長影，穿入了大門之內。

而這灰黑長影之後，三條白影緊跟其後，也同時進了門。

然後，小靜慢慢蹲了下來，雙手蓋住耳朵，她怕，怕接下來會聽到的聲音……

但奇怪的是，過了足足三分鐘，都沒有傳來任何廝殺聲，反而安靜……非常安靜……安靜到令人全身發毛。

而在這片寂靜之中，小靜聽到了一個聲音。

一個低沉的說話聲。

「貓群？陰界最強的陰獸團嗎？」那聲音低沉中帶著陰森，「那就讓我『天刑』這個武器天才來會會你們啊，劊心針、裂骨棒、拔舌夾，再加一個『洗命』，看你們有幾隻貓咪能活著從這個大門出去！」

天刑？小靜感到一陣背脊發涼，這次刑警的老大，叫做天刑嗎？

而就在天刑說過這段話之後，聲音突然爆開，因為四十幾名刑警高手群，終於動手了！他們掄起了手上的武器，武器上爆發猛烈的黑暗氣息，朝著四隻貓衝來。

「喵。」小虎身形微頓，而牠背後三道影子，則後發先至，竄了出來。

緬因貓，源自美洲，擁有粗壯身軀的牠，喵的一聲，身體陡然放大，而且如巨球般滾動，轟然壓向眼前的刑警們。

刑警慘號聲不斷，被緬因貓巨大身軀輾壓過的刑警，莫不斷手斷腳，躺在地上如同廢泥。

緬因貓的餘威未盡，又是一陣刑警們的怒號，因為他們發現另一隻貓已經躍起，牠是暹羅貓！

暹羅貓以貓爪製造出了灰色的刀刃風暴，不斷高速旋轉，轉眼就將刑警們頭、手、腳，全部分離，然後更將他們已經斷掉的手臂骨與肉切開，肉中的肌腱更隨之挑開，有如大廚掌杓宴客，變成盤盤細膩肉絲。

但這可不是餐宴，這可是一場血鬥啊！而大廚切的可不是山海珍饈，而是刑警自己的身體啊！

暹羅貓造成的騷動尚未結束，一道迅捷的灰影已然成為戰場上的主角，在寬闊的刑警辦公室中左衝右突，像是來回不斷轟炸的閃電，而閃電經過之處，唯一的畫面便是……身手異處的刑警們。

斷了手、截了半邊的頭、看不見的雙腳，還有被撕裂的軀體……這第三隻白鬍貓，威力更勝前面兩隻，而且牠還是可愛招財貓的原形，日本短尾貓。

只是此刻，三隻貓的動作，不約而同地停了。

因為戰場之上，出現了三種古怪的武器。

裂骨棒，看似平滑的大鋼棍，上面刻著細微紋路，輕輕一揮，力量順著紋路透過人類肌理，能毫不留情地將肌肉下的骨頭打得粉碎，這是最兇暴的武器，也是最可怕的刑具。

如今，裂骨棒挾著猛烈威勢，轟向第一隻白鬍貓，緬因貓。

緬因貓喵的一聲，看似躲避不及，只聽喀噠一聲響，正面隨即遭到裂骨棒擊中。

戰場上橫行的第二種武器，是一個巨大的夾子，但看似粗獷的大夾，尖頭卻異常細膩，細膩到連人類的舌頭，都可以精準鑷住，接著一扭一拉，就能將人們口中這柔軟且有彈性的舌，連根拔出。

這武器名為「拔舌夾」，拔舌夾以其精細的功夫，穿入正在高速旋轉的灰色影子，精巧又可怕地截斷了灰影的旋勁，更逼出了裡面的真身，高雅的暹羅貓。

而拿夾子的尖頭，更在電光石火的高速瞬間，精準地伸入了暹羅貓的嘴中。

下一秒，當夾子一扭，就能再次替自己的拔舌紀錄增加一筆！

第三個登場的武器，登場的速度與姿態，連肉眼都無法辨識，那是名為「劓心針」，細如毛髮，行似遊蛇，為數眾多，在戰場上如鬼魅般高速流竄。

劓心針，這刑具其實來自博大且深奧的中國古醫學，原名針灸，針灸之術能助人解氣排毒，救人於危命，一旦朝著惡意研究，便是這劓心針。

話說當年，天刑一見到這劓心針的原圖，立刻愛不釋手，找來道幫天策，討論了三天三夜，終於以陰獸酒呑蜻蜓的細細脊椎，磨成細針之後，再泡入瘋瘋蠶的毒液之中，便可讓針擁有酒呑蜻蜓的飛行能力與瘋瘋蠶的毒性。

另外一提，瘋瘋蠶與顛顛桑葉齊名，都是A級陰獸，瘋瘋蠶只吃顛顛桑葉，中了瘋瘋蠶的毒會讓人全身僵硬七天七夜而死，而中了顛顛桑葉的毒則會讓人狂舞七天七夜而亡，一旦中毒，顛顛桑葉就是瘋瘋蠶的解藥，而瘋瘋蠶的解方也是顛顛桑葉，兩者毒性相剋陰陽互補，堪稱陰獸界的夫妻表率。

此針幾乎透明無形體，一旦發射，便會有如高速遊蛇，會自動鑽入陰魂的胸口穴位之內，從此陰魂日夜疼痛，生不如死，這劓心針堪稱天刑三大刑具之首。

如今，在這群貓亂舞的戰場，天刑不再有所保留，手上三大刑具全部撒出，尤其是劓心針，他一共撒出五五二十五根，二十五根劓心針一離手，竟然像是消失在戰場上般，化成無形且可怕的殺手，前前後後的游向了第三隻白鬍貓，日本短尾貓。

有如灰色閃電高速竄動的日本短尾貓，開始受到劓心針的追擊，在一聲又一聲低沉的貓叫聲中，可以隱約看見劓心針不斷地鏗然落地……

短短的兩秒之間，日本短尾貓高速繞行了刑警辦公室二十四圈，同時間地板上發出鏗然聲音，二十四次……

牠，確實已經擊落了二十四根劗心針！

但卻在當日本短尾貓繞行到第二十五圈的時候，牠的動作陡然一停，喵的一聲，低頭看向自己的胸口。

胸口處，一抹危險銀光，已然游入了自己的胸膛，透胸而入。

這一剎那，戰局頓時僵持著，被裂骨棒正面擊中的緬因貓、被拔舌夾伸入嘴中的暹羅貓，以及躲過二十四根劗心針，卻沒躲過最後一根的日本短尾貓……

所有的目光，不約而同的，看向了正穩穩坐在門邊，舔著自己爪子的小虎。

牠會有什麼動作呢？

陰界貓街的真正統治者，統領群貓的王，牠打算出手攻擊了嗎？

卻見到小虎只是慢條斯理地「喵～」的一聲，然後打了一個哈欠，身體由坐而躺，蜷曲成非常舒服的睡姿。

「你，你這頭貓，是傻了嗎？」天刑眼睛大睜，經歷過道幫木狼的血戰，他在天機星無道的巧手下，表面上是痊癒了，但內心卻變得更乖戾易怒了。

「呼嚕……」看著眼前打呼的小虎，天刑在這一瞬間，突然懂了。

這隻貓不是傻了，而是因為，牠很清楚，自己的夥伴還沒有輸。

天刑感到寒毛直立，他同時也感受到了，三股陰冷、憤怒、狂亂的氣息，正緩緩從他的背後升起。

緩緩地，越升越高……越升越高……

遠方，一只白色瓷杯，盛著七分碧綠香茶，飄著淺淺白霧。

茶的主人，輕嘆。

「躲過了木狼之劫，終究沒能躲過群貓亂舞啊。」茶的主人，苦笑搖頭。「一場易主，究竟要死多少星宿呢？」

「這不就是我們的宿命嗎？」茶的另一端，另一隻手端著杯子，也是搖頭。「這不就是每次易主的宿命嗎？」

「是啊，三釀老友。」

「是啊，吳用老友。」

兩大主星，各自端著手上熱茶，卻在此刻，沉默了。

天刑慢慢地，轉過脖子，轉過半個身子，眼睛微微上轉，終於看清楚了背後三股涼意的來源……

三隻貓，三隻殺氣騰騰的白鬍貓。

緬因貓，正面被裂骨棒擊中，但裂開的卻不是牠的身體，反而是那根以精鋼所鑄，專門打碎骨頭的「裂骨棒」。

不只如此，裂骨棒不僅攔腰折斷，還彎轉了半圈，像是被比自己更暴力的武器給充分凌虐過。

暹羅貓，嘴巴被拔舌夾探入，但拔舌夾卻只能進，完全不出來，因為拔舌夾的堅硬夾頭，反被暹羅貓的利齒咬住，喀喀幾聲，被當作魚骨頭啃得粉碎，然後咕嚕一聲，吞到了肚子裡。

最後是日本短尾貓，擁有三隻白鬍貓中最高道行的牠，碰到的也是三者中最危險的刑具：劓心針，劓心針細如牛毛，在空中游動如無影，最後一根針就這樣射入了日本短尾貓的胸膛之中。

無聲無息地射入後，就會牽動心臟附近的穴道，切斷心臟附近的氣流，然後引爆驚人的疼痛，讓受針者從此陷入劇痛地獄之中……但，日本短尾貓可有掉入此地獄？

「喵。」日本短尾貓擺了擺長尾巴，很明顯地，牠沒有感覺到什麼疼痛，所以牠離劇痛地獄很遠。

「為什麼？」天刑睜大眼睛，「劓心針沒有用？我甚至沒有感覺到我寄託在那根針上的道行？它像是消失了一樣，等等，難道那根針……」

短尾貓慢慢靠近了天刑，心臟安穩地跳著。

「針，被你的道行……消化掉了？」

「喵。」短尾貓咧嘴，舔了舔舌頭，像是在稱讚這根劏心針，竟是如此美味。

「混帳！」天刑嘴唇泛白，牙齒打顫。「你們這三隻混帳……貓！」

三隻貓，抖動牠們白白的長鬍子，身形因為道行而變得巨大，一步一步朝著天刑走來。

「老子……老子要不是洗命被那臭琴弄壞了……要不是……老子被木狼打的傷還沒有好……要不是……」天刑的聲音因為牙齒的顫抖而斷斷續續，「我也……」

三隻白鬍貓還在靠近，聳立在天刑的面前，三道陰影，將天刑眼前的光完全遮住。

「我……我……」天刑最後突然猛力吸了一口氣，放聲大喊：「救命啊，黑白無常！救命啊！無道！我知道我刑警和你們特警不和，但這次快來救——」

可是，天刑這個「救」之後，就戛然而止。

因為三隻貓，已經撲了上去！

爪子、牙齒、舌頭，還有一雙如冰的飢餓眼睛，這是天刑今生今世最後的畫面記憶。

然後，他就碎了。

碎成甘甜的肉末，撒入三隻貓的口中，順著食道，被胃袋吸收，最後成為滋養三貓的能量。

天刑。

丙等天刑星，危險等級四，任職於刑警之首，善用各種刑具為武器，以虐殺囚犯為樂，堪稱惡貫滿盈之徒。

如今，於貓街三鬍貓的爪下，正式隕落。

刑警大門門外，小靜被黑鬍貓等貓群圍著，她用心祈禱著小虎能平安無事，更下意識地摸著自己的後腦勺上那天藍色的髮圈。

小虎和三隻白鬍貓，一定能平安無事的吧。

然後，眼前的刑警之門，嘎的一聲打開了。

四隻貓，嬌小的小虎為首，三隻白鬍貓昂首大步跟隨其後，牠們身後盡是滿地呻吟的刑警，滿牆都是兵器刮痕與斷手殘肢，兵器斷片隨意插在牆壁之上。

看到這一幕，小靜忍不住想要歡呼，「小虎，你們太帥了。」

然後，小虎轉頭，目光看向更上一個樓層，也就是警察總部的最後一個樓層。

特警。

能以最少的人數，凌駕於各大警部之上，其力量絕對強大無比。

如今，這神秘的洞穴，終於要被貓街的貓群撬開了嗎？

當然，小靜不會知道這些事，她只是單純的感覺到危險，刑警大門內百倍的危險。

「喵。」小虎只是輕描淡寫地瞄了一眼，就一個縱身，躍上樓梯，貓群低沉地跟上，如潮水般湧向了最後一層樓。

特警。

警察系統的巔峰，最危險的一個樓層。

特警的傳說，在陰界子民中是既響亮又恐怖，恐怖到深植人心的。

其中擁有星格，具備危險等級的人物，高達三名。

排行第三的，是丙級星老博士，危險等級二，就算已經超過五十歲了，依然做著學生的打扮，據說生前念博士念了七年後沒有順利畢業，於是換了題目再奮鬥七年仍無法順利過關，於是轉為研究員但繼續撐了七年仍沒有消息，於是再換個職稱又卡了七年，七年七年又七年之後，他老了，教授過世了，同學退休了，世界的運轉已經從蒸汽火車頭變成了磁浮列車，通訊方式也從家用電話變成了手機，咬一口的蘋果變成了咬兩口和咬三口……

他，依然還是沒有拿到博士。

他在某個下雨的微涼清晨，手裡握著一堆研究數據過世，而他的怨念就這樣轉為他的技「害人不淺的博士論文」。

而他死後，帶著一股不甘心的怨念加入了警察系統，數年後被發現身具星格，之後被拔擢入特警，更成為第三把交椅。

陰界的陰魂，只要看見老博士帶著陰冷的笑，慢條斯理地打開手上的藍皮書，無不全身發抖嚷著要逃，因為那本論文中的每一張紙都是活的，都是如雨林中的肉食植物，不斷延展，抓住陰魂，並將其能量吸乾抹盡，絕對無愧於「害人不淺」四字。

特警中的第二把交椅，封皓星，若男。

若男和老博士相比，實則低調許多，也許和她的能力有關，她能輕易地變化外型，時男時女，忽幼忽老，偶爾是英武的戰士，偶爾又是卑鄙的巫婆，更會不時變成天真稚嫩的幼兒，變化形體就是她的技，因此暗殺與竊取情報就變成她的專長。

而真正詭異的是，封皓星，若男這名字，橫行陰界十來年，竟然沒有人能說得出她真正的外貌，連究竟是男是女都說不清楚。

如此人物，藏身於特警之中，盤據第二把交椅的位子。不過，就算封皓如此可怕，在她之上，仍有位第一把交椅，實力更為傲人可怖，他，是甲級星無道。

無道，天魁星，與火星鬥王同列甲級星，危險等級六逼近七，他的傳說沒有老博士與若男多，但每一個卻都是響徹陰界。

其一，十餘年前，曾有個特警死於暗巷，身上傷口模糊難辨，無法得知是仇人所為、是黑幫所為，或是某場激戰之後的誤殺。

由於證據太過模糊，讓警察難以追查，喧鬧了半天，本以為終將無聲落幕，這位特警的死，終將成為警察系統的一個汙點，一個荒謬的笑話時……

無道出手了。

他穿著一件背後有著紅色公牛圖騰的黑色運動外套，站在特警死亡的暗巷轉角，用手指慢慢地數著，「一、二、三、四……七、八、九。」

九，是什麼意思？

很快地，這個九，就會像是一道顫慄的陰影，籠罩在所有陰界子民的心上。

因為，當天晚上，此暗巷附近的九組黑幫人馬，全部被肅殺殆盡。

雷火幫、美又美幫、美而美幫、微熱山丘幫、教改幫、文哲幫不幫、焚．聖母院幫、清流韓流傻傻分不清幫、事隔十年拖稿無數次終於完結篇的地獄系列幫。

這九大幫派中，每個都是人數超過五百人的中型幫派，其中更有三個已經被列入B級幫派，與海幫位列相同等級。

但他們卻沒有一個人，活過那天晚上。

從九點到十一點，當一個背影從「事隔十年拖稿無數次終於完結篇的地獄系列幫」中離開後，這場肅殺就結束了。

一個人，一個人完成了屠殺九幫，只花了兩個小時，一百二十分鐘，也就是七千兩百秒。

有人說，那個背影就是無道，天魁星無道。

他不只強，更可怕的是，他連九個黑幫中有沒有兇手都不用調查，就這樣完全屠殺，彷彿誰殺的並不重要，重要的是……任誰都不能讓特警的威名掃地！

另一個關於無道的傳說，則又與第一個暴力的風格截然不同。

這傳說，關於一個九歲的肉圓妹妹，肉圓妹妹的養父是一個愛酗酒然後揍人的混帳，肉圓妹被揍得鼻青臉腫可以說是司空見慣，揍完之後還要出門替養父賣肉圓……

這位養父，雖然墮落粗暴，但其實體能壯碩，更有一點道行，而且還是有仇必報，以牙還牙的報仇性格，街坊鄰居因為不想惹麻煩上身，所以每次看到全身烏青的肉圓妹妹，最多就是投以憐憫眼神，什麼事情都沒有做。

而肉圓妹妹也知道這些鄰居的想法與能耐，所以她總是默默地賣著肉圓，從不求救也從不喊痛。

但就在某天，當肉圓妹妹又是鼻青臉腫在路口賣肉圓，但這次卻有了一些不同。

一個高壯的男子，穿著公牛隊的黑色運動外套，來到小攤前。

「妳的肉圓聞起來很香。」男子說，「來一個。」

「好。」肉圓妹妹把肉圓從油鍋中撈起，放到鍋邊壓出了油，等到多餘的油被壓出，她將肉圓放到碗裡，淋上肉圓妹妹特製的醬汁，甜甜辣辣的粉紅醬，微鹹濃郁的墨黑醬油膏，在被炸得晶瑩剔透的白色肉圓上，三色互相輝映，透露著極品平民美食的獨有風韻。

當肉圓妹妹把肉圓端到男子面前時，忽然她做了一件自己這幾年從未做過的事情。

「兩顆肉圓，給你。」肉圓妹妹放下兩個碗小聲地說，「背後有一頭牛的叔叔。」

「我只買一顆。」

「第二顆是酬勞。」

「酬勞？」男子眉毛一挑。

「是的。」肉圓妹妹看著這男子，她感覺到眼前男子身上所散發的是，有如黑暗深谷的強大魄力。「我想請你教訓一個人。」

「要我出手，一顆肉圓怎麼夠？」

「請您……您吃吃看。」肉圓妹妹的話說得結結巴巴，「我的肉圓是特製的，很，很好，吃。」

「是嗎？有自信。」那男子冷笑，手上的叉子，插入了肉圓之上，然後大口一張，直接咬掉半顆。

而肉圓妹妹只是抓著自己無法控制的顫抖雙手，她對自己的肉圓自信，雖然她只是一個小朋友，但她懂得怎麼做好吃的肉圓。

她的肉圓是過世的媽媽教的，而她媽媽曾說，她學自一個叫做天廚的師父，肉圓無論是油炸的手法或是醬汁的調配，都足以傲視方圓百里的肉圓店！

然而，就從爸爸被警察誤殺，然後媽媽認識了那個養父之後，肉圓妹妹的不幸開始了……只是古怪而悲哀的是，當這一切不幸開始之後，肉圓妹妹將一切寄託給了肉圓，竟發現自己做出比媽媽更好吃的肉圓。

更濃郁、更美味，讓人無法自拔的肉圓。

此刻，無人說話，只有男子大口嚼著肉圓的聲音，吞下了這口之後，男子叉子又落，叉起另外半顆，一口吞入。

肉圓妹妹看著男子，這男子身上的氣，又強大又冰冷，又黑暗又狂暴，像是死神般的人物，這樣的人，會喜歡她的肉圓嗎？

粉紅醬汁的味覺更加色彩紛呈，醬油膏透過熬煮將甘蔗的甜、黃豆的香、甕底的濃，全部融為一體，點點灑落在肉圓之上。

而肉圓，更透過肉圓妹妹獨有的油炸手法，不再是混濁的白，而是變得透明。

明明從滾燙的油鍋誕生，但卻透明如慢火蒸熟，當你一口咬下，只留下油的熱氣與香氣，還有被油香包裹的，飽滿湯汁的豬肉和脆口的筍塊。

男子吃完了第一顆，嘴巴仍咀嚼著，手上的叉子，已經叉起了第二顆。

然後又是一大口咬下，第二顆肉圓頓時又去了一半。

肉圓妹妹安靜地看著這男子，直到，第二顆肉圓也在眨眼間，被完全吃光，然後男子閉上了眼，似乎在沉思，似乎沉浸在剛剛來自肉圓的濃烈美味中。

「天廚星，冷山饌？」

「咦？您說，說的是，是誰？」肉圓妹妹說話仍結巴。

「妳不認識？」男子微微皺眉，「不過話說回來，我覺得就算是這老傢伙，也做不出這樣的肉圓，他的美味是有，但就少了妳肉圓之中那點……怎麼說，悲哀的情感吧。」

「嗯，悲、悲哀嗎？」肉圓妹妹歪著頭。

「到底是怎麼樣的遭遇，讓妳這不到十歲的女孩，炸出這麼悲哀的肉圓？」男子沉思。

「悲哀，嗎？」肉圓妹妹低下了頭，從爸爸意外死亡，媽媽帶回這養父，然後媽媽又突然離開後……這幾年來她不斷地挨打，不斷地遭受虐待，還有明明知道一切卻選擇沉默的鄰居，自己雖然好像什麼感覺都沒有，但其實是將所有的憤怒與情感，都灌注到了肉圓裡面嗎？

「不過，說起妳的委託，我還是那句話……」男子慢慢起身，「妳送的一顆肉圓，不足支付。」

「啊——」肉圓妹妹的表情失落。

「如果要我去教訓那個人。」男子用腳把鐵板凳推到了桌子下，「妳要用二十年的肉圓才能支付。」

「二、二十，年？」肉圓妹妹先是一愣，然後臉上慢慢露出了理解、驚喜的笑容。「真的，可以嗎？二十、二十年都替您炸肉圓？」

「怎麼？怕自己的肉圓變難吃嗎？」男子目光炯炯，看著肉圓妹妹。

「不怕！」肉圓妹妹大叫，「我，我不怕，我會炸出一樣好吃，不，更好吃的肉圓，謝謝你，背後有一頭牛的叔叔！」

「什麼叫做背後有一頭牛的叔叔，有點常識好嗎？那明明就是公牛隊。」男子雙手插在他運動外套中，慢慢地走離了這家肉圓店。「還有……」

「還有？」

「還有，我的名字，叫做無道。」男子聲音低沉且霸氣。「天魁星，無道。」

然後，就在那一天下午之後，再也沒有人看到肉圓妹妹的養父，不，不只那個養父，連肉圓妹妹所住周圍五百公尺內所有的街坊鄰居，都在那一天消失了。

不只人消失，連房子都沒了，甚至連街道也被剷平，只剩下一大片風呼呼吹過的空地。

陰界很快將這詭異的事件和黑幫九連諸事件連結在一起，因為所有的目擊者都看到了那個相同的標誌，公牛隊的黑色外套。

迅雷不及掩耳，讓人連是什麼技都搞不清楚的下手速度。

他，就是特警之首，下手狠辣，武力強大，且重私情的惡鬼。

天魁星，無道。

貓群，來到了四樓。

這次的門口，沒有像三樓刑警用千年老木雕出巨大的匾額。

只有樸實的一對木門，沒有特別巨大，也沒有任何雕飾，就像是你我從小生長的鄉下家中的那對門。

如此的平凡。

唯一稱得上和特警有關的，只有門邊一個小郵箱，上面寫著地址，還有一個小小的「特」字。

小靜與貓群一起站在這特警辦公室的門前，突然間，她感到一陣打從腳底升起的顫慄感。

顫慄感，就來自於這個「特」字。

粗硬的筆劃，歪斜的筆法，完全沒有書法大師的風範，反而像是某個不常寫字的武人，用大手抓著筆，刻在郵箱上的。

但也就是這份刻勁，這份好不做作的質樸，出現在這最頂級的警察樓層，更讓不懂戰鬥的小靜，感到莫名的顫慄。

如果以唱歌比賽來說，就是唱遍了各大Pub，開過演唱會，深諳各種歌唱技巧的歌手，突然在深山裡面，聽到了一個歌聲……

渾厚、質樸，沒有半點修飾，卻成為足以炸裂人們耳膜與心靈的豪壯之音，也是充滿巨大能量的暴力聲音，由此，這歌手佇足良久，感受到世界的浩瀚，與自己的渺小。

這樣巨大而原始的能量，此刻化成一個小小醜醜的「特」字，刻印在小郵箱上的角落處。

雖小，卻是飽含著驚人巨大的能量。

連小靜都能感覺到，她身邊的貓，肯定也能感覺到。

但小虎怕了嗎?牠的腳步變得沉穩、優雅，甚至可以說是慎重，一步步朝木門去。

當以白鬍貓為首的貓群想跟過去，但小虎卻回頭，發出了一聲喵，這聲喵不若以往溫柔，低沉中透著怒氣，竟有如原野虎吼。

虎吼一出，就連剛剛聯手殺敗天刑的三大白鬍貓，也步伐一頓，遲疑了片刻，終於停下腳步。

接著，小虎踩踏著牠獨有的優雅步伐，走入了那看似平凡，卻極凶極險之地，四樓特警辦公室。

門在嘎嘎聲中慢慢打開之際，小靜隱隱看見，門後正站著黑壓壓的人群，其中一個，身材高壯，身穿黑色外套，外套上的紅色公牛隊標記十分顯眼。

他領著所有的特警，對著眼前緩步而來的小虎，露出了霸氣且殘忍的笑。

「在這裡恭候……貓街之主。」那穿著公牛背心的男人，笑了。「吾乃特警之首，天魁星，無道！」

天魁星，無道，在此恭候。

當門又慢慢掩上，小靜只能閉上眼，用盡全力做她唯一能做的……那就是祈禱！替小虎祈禱！

但就在祈禱的過程中，小靜突然莫名其妙地想起了一個人，以及她曾說過的一段話……

「走之前，再提一句，有問題可以盡量找我。」小風說。

「嗯，不管什麼問題嗎？」小靜說。

「是的。」小風笑著，那是對天上地下任何疑難雜症都能輕易化解的微笑。「不管什麼問題……」

「好。」小靜看著小風的笑，她頓時陷入一陣奇異的熟悉感中，這笑容和琴好像，天上地下無所畏懼啊。「有問題，我一定找學姐幫忙。」

想到這裡，小靜不禁苦笑，「她的愛貓要和一大群特異人士對打」這樣的疑難問題找上小風學姐，她也會有辦法嗎？不然為什麼自己會突然想到小風學姐呢？

究竟，是為什麼呢？

第五章・難訪

「請為妳的使壞，付出代價。」化九九才說完，門口就來了一輛車。

門口的車是一輛看起來頗有年紀的藍色小貨車，化九九輕輕一翻，就翻上了後面的車斗，很隨意地坐下。

「上來吧。」化九九對琴說，「我帶妳回僧幫總部接受審判。」

「接受審判……」琴吞了一下口水，爬上了車。「僧幫總部很遠嗎？」

「遠嗎？」化九九閉上了眼，「不遠，只是很難到達。」

「喔。」然後，車子晃動兩下，開始前進了。

而就在小貨車往前開動的同時，便利商店的另外一個角落，有兩個高大人影，正凝視著這輛車。

「看樣子要追車嘿。」莫言雙手抱胸，「老朋友，你移動的功夫沒擱下吧？」

「笑話。」橫財冷笑，「別忘了老子可是甲級星，鬼盜橫財嚕。」

「那好。」莫言看著眼前小貨車彎過了前面路口的轉角，「跟蹤要保持距離，現在距離已經夠了，我們……追上去吧！」

只見莫言的右手舉了起來，然後在他右手掌心，突然出現一個透明的袋子。

而且袋子像是被吹氣般往外張開，越張越大，大到後來，竟然有如一張透明的大傘。

「收納袋第十二袋功夫。」莫言微笑，「輕飄飄的飛行傘。」

然後一陣風吹來，莫言就這樣隨著傘，雙腳離了地，開始輕飄飄地飛了起來。

飛到了城市上空，飛到了清澈的藍天之中，這飛行傘彷彿自在地駕馭著風，朝著小貨車的方向搖搖擺擺地飛過去。

莫言飛上了天空，那橫財呢？

「你的招式太輕飄了，真不夠豪壯！真男人的招式應該是這樣的！」橫財大笑，雙手朝地上一按，地面突然出現了一道門。

然後橫財大喝了一聲，手握住門把，轟隆一聲，地面裂開，門被提起，門後面是一片黑不見底的深淵。

「我下去啦。」然後，狂笑中，橫財竟一縱躍入深淵。

就在下一秒鐘，距離車子後方僅僅三十公尺處，牆壁突然啵一聲，出現了一條裂縫，裂縫像是被人用畫筆畫過般不斷伸展，最後停在一個「門」的形狀上。

接著，轟然一聲，門被踢開，門後正是橫財。

橫財走出門，與汽車的距離一口氣拉近，拉到只剩下三十公尺了。

而車子繼續往前開，又開了數百公尺，橫財再次在牆壁上開了一道門，門關，門開之後，橫財又出現在車子的後方三十公尺。

不管車速多快，不管距離多遠，橫財都在他一開一關門的短短數秒內，直接橫跨一個空間，然後穩穩追上。

而當門不斷開闔，橫財藉此不斷追上，天空中也有那麼一個輕飄飄的小黑點，跟在汽車車後，緊緊跟隨著。

而這輛載著琴準備回去總部進行審判的小貨車，似乎渾然不知它的背後多了兩個強大的追蹤者。

一個在天空中優雅地飄浮著，他是神偷莫言。

另一個呢？則在地面與牆壁間暴力地挺進著，他是鬼盜橫財。

他們即將解開前去僧幫的第一道難題：難訪。

小貨車停了。

當小貨車停住，無論是天空中的莫言，或是正在地底與牆壁間穿行的橫財，都微微皺了一下眉頭。

因為小貨車停的地方，仍是一家便利商店。

位在小巷的道路轉角，外觀樸實老舊，稍嫌狹窄，像是第一代誕生的便利商店。

「這麼小的地方，會是每日生產成千上萬商品的僧幫總部嗎？」莫言右手上的飛行傘，緩緩地收起，而他身體機能也慢慢地降了下來。

然後噗的一聲，雙腳優雅落地。

「也許還有玄機，進去看看吧嚕。」地面上出現了一道門，轟隆一聲，門被往上踢開時，橫財探出頭來。

而琴呢？她被化九九帶著，走入了便利商店。

這個便利商店面積不大，雖然看起來悠久而陳舊，卻非常乾淨，每樣商品都整齊且俐落地排放著。

櫃檯後站著的是一個年紀約莫五十歲的大叔，他笑容可掬地對琴說：「歡迎光臨，請慢慢挑選。」

「好難想像，僧幫總部會在這裡？」

「誰說僧幫總部在這裡？」化九九說。

只見化九九走入便利商店，小走了半圈之後，挑了兩樣東西，而琴一看到這兩樣東西，就忍不住「咦」了一聲，因為化九九所挑的東西，竟是一包可樂果，和一杯冰可樂。

「咦？化九九，你挑這兩樣東西，是等一下要辦 Party 嗎？還是肚子餓了？找個東西先墊墊肚子呢？」琴忍不住問。

「嘿，妳看著吧。」化九九走到了櫃檯，沒錯，讓琴訝異的地方，卻還在後頭……因為化九九竟然如此說了。

「請將這兩樣東西加在一起微波。」化九九對著店員大叔說。

店員大叔看了化九九一眼，然後點了點頭，回應道：「好。」

「欸？」琴睜大眼睛，「兩……兩樣東西，加在一起微波？這，不會炸掉嗎？」

「妳剛到陰界不久？」化九九看了琴一眼。

「是，是，算新人。」

「陽世那個微波爐加熱水會爆炸的理論，在這裡不適用。」化九九將可樂果與可樂交給那個大叔般的店員。

只見大叔店員默默地拿了一個大玻璃杯，然後將整瓶可樂倒入，接著將可樂果咖啦咖啦全部倒入，最後放入微波爐中，加熱五分鐘。

琴看著微波爐裡面的可樂果在可樂裡面不斷翻滾，眼看就要爆炸，最後卻叮的一聲，沒有炸開。

「可樂微波在陽世有爆炸風險，兒童不宜，絕對不要嘗試！但是，這裡可是陰界！這裡是鬼的世界！」大叔露出親切的笑容，把那罐杯子拿出來，分成兩杯，一杯遞給化九九，另一杯則放到了琴的面前。「而且，可樂果加可樂，在陰界可是極品特調。」

「嗯。」琴接過這杯可樂加可樂果的特調，搖了兩下，很神奇的是，琴有種「這可能真的很好喝的」預感。

「趁熱喝吧，既然是陰界極品，得趁熱喝才好喝啊。」化九九笑著說。

「嗯，好喔。」琴遲疑了一下，低頭啜了一口。

這一瞬間，從味蕾傳遞而來的味道，讓她確實嚇了一跳。

可樂的甜與氣泡的刺激，以及可樂果的鹹和香，同時有著可樂果的爽脆和可樂的焦甜，完美地融合在一起，變成又刺激又鹹香的氣味，簡直是好吃到讓人覺得莫名其妙的味道。

「真好吃。」琴訝異地摀住嘴。

「是啊，好吃是吧。」化九九微笑，「吃飽了，就該上路了。」

「咦？上路？」

「店員大叔，麻煩啦。」化九九對店員如此說道。

「沒問題。」只見大叔從櫃子下面拿出了一盞老舊的油燈，放在明亮乾淨的櫃檯上。

「那就，出發吧！」大叔啪的一聲，朝油燈拍了下去，然後油燈突然亮了。

不，不是亮了。

是暗了。

油燈發出來的光，是黑色的，它照映到的物體影子反而是亮的。

看著這擁有奇異特性的物體，琴想起，自己認得它，甚至曾經與它擦身而過，更差點因它而丟了性命。

它是鬼卒三寶之一的「不夜燈」。

傳說具有穿越能力，但能使用這穿越能力的……就是僧幫。

「走啦。」化九九抓住琴的手臂，下一秒，琴看到這團黑暗將她徹底包圍，等到黑暗隨著一陣風緩緩散去，琴看清楚了眼前影像。

然後，她忍不住張大嘴巴，發出「啊」的一聲。

「哎呀。這、這是哪?」琴吃驚得張大了嘴巴,因為她原本以為會看到類似道幫總部那種宏大壯觀的建築,或是有著三面採光明亮的大廳……

但是,這裡不是這樣!

這裡有著一排又一排寬大的木桌,而且木桌上整整齊齊擺著一個個大碗,大碗內裝盛著滿滿的飯菜,飯菜還冒著熱煙。

「這是什麼?」琴訝異,然後她聽到背後傳來沉重又整齊的腳步聲。

琴回頭,嘴巴忍不住張大,因為她看到一排排身材壯碩如相撲力士,穿著同樣顏色制服的工人。

「怎麼回事?」琴慌亂地問。

「去僧幫之前,得經過一些地方,證明自己。」化九九淡淡地說。

「吃飯!就位!」這群有如鐵塔般的工人朝琴的方向湧來,琴身材何等瘦小,頓時被他們往木桌方向推擠,琴慌張揮手,但完全無法抵抗,等到她清醒過來,她發現她已經和這群壯碩工人坐在一起,而且她的面前也有著一碗比她臉要有大上兩倍的飯菜。

「什麼意思?」琴急忙轉頭,看著化九九。「證明自己是什麼意思?」

「得吃過這碗飯才行。」化九九笑,「也算是體貼每個僧幫的成員,吃飽飯才能回家。」

「吃吃……飽？」琴看著這驚人無比的飯量，若是陽世的她，這臉盆般的飯，夠她吃上三天三夜都不會餓了。

「嗯，而且不只是吃完而已喔。」「這不只是吃飽而已啊，會吃到肚子爆掉啊。」化九九摩擦著手掌，順便扭了扭脖子，像是準備要上格鬥賽前的熱身動作。「要在時間內吃完……」

「時間？多久？」

「三分鐘。」

「三分鐘？這不是吃飽而已吧！這是大胃王比賽吧！」琴大叫。

但就在琴大聲抗議之際，遠處傳來一聲威武的大吼：「開飯！」

一聽到開飯，琴感覺到周圍傳來如海潮般的隆隆聲，那是這群相撲工人低頭扒飯的聲音，威勢強到空氣都會震動。

化九九掰開筷子，動作俐落地吃著。「吃飯時間三分鐘，時間內吃完才能趕上下一班不夜燈，快點！」

吃完才能趕上下一班不夜燈？琴一愣，她也要吃完嗎？她頓時懂了，立刻抓起旁邊的筷子，深吸一口氣，扒飯啦！

琴的身材高瘦，在陽世的時候每次都把多的食物丟給同行的男伴，這男伴多半是阿豚，有時候是其他男生，吃飯向來不是琴的強項，但此刻琴明白，如果吃不完就到不了下一個地方，到不了僧幫總部不打緊，重要的是琴根本不知道自己在哪？如果是這樣，會不會不小心被困在這裡一年半載？這可是一點都不好玩。

但她根本沒辦法這麼快吃完啊，怎麼辦？

突然，她腦海中浮現了莫言那冷笑的臉，如果莫言在這，一定又會笑她笨蛋吧，連吃飯都不會的笨蛋！

或者是橫財，這傢伙超級瞧不起人的，也不知道這幾年去哪裡混了，一見面就要掏自己的胃！

這兩個人，都是混蛋！但越是因為他們是混蛋，琴就越不想被他們瞧不起！

她一定能吃完的，哼，剛剛化九九在便利商店說得沒錯，這裡不是陽世，這裡可是陰界喲。

「出絕招，電的能力！」

電的能力分為電感、電偶、電箭，以及頂級絕招的天雷，琴當然不可能使出天雷或是電箭，因為她又沒打算拆掉這座食堂，更何況，這裡這麼多巨塔般的壯漢，一旦打起來，琴可能被拆成九九份，變成化九九的好朋友，琴九九之類的……

所以，琴使用的叫做「電偶」，電偶是一種電能改變神經元傳動的技能，能施加在琴自己的神經和肌肉上，大幅提升琴身體的能力。

換句話說，琴能透過「電偶」改變自己的體能狀態，也就是說，琴可以讓自己變成奧運國手，或是……大胃王。

「電偶！」琴低喝，同時間她身體流轉過一層淡淡的電光，從頭頂到腰部，再到腳底，當電光過去，琴知道自己已經變成了不折不扣的「吃飯超人」！

一旦幻化為吃飯超人，琴扒飯的動作足足快了三倍、五倍，甚至是十倍，快到已經看不到她抓筷子的手，只有米粒在她的碗口不斷跳躍，然後像是洶湧海浪一樣灌入她的嘴中。

而飯菜米粒一入口中，琴再次用電偶改變了自己的下顎肌肉，讓她下顎以驚人高速咬合那些飯菜，確實咀嚼充足之後，再進入咽喉。

而咽喉之後，等待米飯的是被電偶操縱的食道、胃袋，以及吸收食物的腸子，琴有如爆炸的大胃王，短短的三分鐘內，將碗底扒空，然後，砰的一聲！

當琴雙手用力放下碗，發出砰的一聲，所有的相撲工人同時停下動作，朝她看來，那些被大碗擋住的雙眼，露出驚訝與欽佩，然後就在五秒後，第二個碗放下的碰撞聲才傳來，緊接著，百餘聲砰緊跟而來，砰砰砰砰砰砰砰砰砰砰，響徹了整個餐廳。

化九九的速度也不慢，他在兩分一十六秒時放下碗，然後用驚嘆的眼神看著琴。

「有點快喔，妳真的是新魂嗎？」化九九起了身。

「我是一個不想被笨蛋和混蛋瞧不起的女孩！」琴一抹嘴巴，輕撥長髮，笑容霸氣而帥氣。

「……」化九九看著琴，眼睛瞇起，似乎想到了什麼，或是想到了誰，然後他才開口。

「那麼，集合吧。」

「集合？」琴還沒搞清楚狀況，周圍的相撲工人們就全部站了起來，百張椅子同時後推的聲音，發出轟然一聲，轟然之後，所有的工人往右轉，開始移動，而琴呢？當然也無可抗拒地被往旁邊帶去，一起帶向了下一個不夜燈之處。

當人如潮水般移向了不夜燈，這盞不夜燈又開始點亮，它的亮就是視覺上的暗，它侵蝕的光明，讓一切重新墜入黑暗，而琴當然也跟著墜入了黑暗。

黑暗中，琴知道，她即將到下一站，下一個離僧幫總部，更近的地方。

而下一個地方，又會有什麼稀奇古怪的挑戰在等待她呢？

等到黑暗散開，等到琴眼前的黑暗終於緩緩淡去，一切又恢復光明，琴看清楚眼前畫面之際，她忍不住又尖叫了起來。

因為這一次不夜燈把她帶去的地方，竟然是一個既明亮又潮濕，又有著一個超大池子，而且到處都有小板凳和肥皂的地方……

「這裡是浴池？」接下來才是琴真正尖叫的原因，因為一大群和剛才相撲工人相同體格的工人們，已經進來了，不用說，他們來到浴池當然是裸著……

「廢話。」化九九看了琴一眼，「吃飽了，身體洗乾淨，才能進總部啊，懷疑嗎？」

「救命啊！」琴忍不住大叫，「僧幫到底在搞什麼？進一個總部這麼麻煩啊？」

為了能夠進入下一個不夜燈，琴，當然也是碰了水。

但在這裡卻讓人看見她身為一代陰界女性好手的霸氣！

因為她用電箭在地面射出了一排洞，而且嚴格禁止那些體格壯碩的工人，跨入此圈半步，然後，琴當然沒有更衣洗澡，她簡單洗了一頭長髮，並舒適優雅地把頭髮吹乾。

她的電箭威力太強，黃中帶綠的箭體，表示琴到了「紅橙黃綠藍靛紫」七色電箭中的碧綠之箭，也許不久之後，她就能窺見第五層，幽藍之箭的境界。

琴的氣勢太強，讓這些粗壯的男子為了自保而不敢輕易靠近。於是，琴安然盥洗完之後，雙手扠腰，走到化九九旁，以萬千氣勢瞪著眼前的化九九。

「好樣的。」化九九豎起大拇指。「妳越來越適應了呢。」

「當然。」琴哼的一聲。「洗完了，接下來呢？」

「接下來。」化九九比著就在浴室門口，那看起來像是裝飾的不夜燈。「我們就真的要……」

「真的要？」

「回家了。」化九九一笑，同時間，不夜燈被點起，一大片有如潮水般的黑暗，在整間浴室中漫延開來。

「嗯。」

只是，在這片黑暗中，琴似乎聽到了一個非常細弱的低語聲，那不是化九九的聲音。

不是莫言，更不是橫財，像是一個低語，更像是琴自己內心的聲音，聲音中還帶著令

琴懷念無比的旋律，而且是如同風鈴般的旋律

那旋律是如此在她耳畔低語的……

「妳終於回來了。」

「它，化身為咒。」

「等妳數十年了啊。」

它，化身為咒？它，是什麼？

琴還沒法細想，眼前的黑暗已然散開，而僧幫總部真正的模樣，就這樣完全展露在她的面前。

琴穿過層層關卡，終於要進入僧幫總部，而此時，莫言和橫財呢？

他們進到了便利商店，此時，琴與化九九已經進入不夜燈的暗流中，前往下一站了。

「竟然是不夜燈嚕，這東西沒辦法追蹤啊！」橫財皺起眉頭，「僧幫竟然用不夜燈當移動工具，玩這麼狠，有點麻煩嚕。」

「如果是琴，她應該會想辦法……」莫言在這狹小的便利商店中慢慢走著，而他的手正輕輕地觸碰著每樣商品。

直到莫言繞完了半圈便利商店，終於在零食貨架區停了下來。

在這裡，某個商品的上面，殘餘著非常細小的……電流。

莫言拿起這商品一看，露出了淡淡的微笑。「竟然，是可樂果嗎？」

「僧幫通關密語，是買一包可樂果？」橫財失笑，「會不會太簡單了？」

「不會只有一項。」莫言繼續走著，這一次，他在冷飲區停了下來。「這裡也有！是一罐可樂，整個便利商店區，就只有這兩個商品，散發著異常的電流。」

「一包可樂果和一罐可樂。」橫財拿著這兩樣東西，搖動著滿是肥肉的下巴。「顯然不夠，畢竟陰魂們如果晚上要開Party，同時買這兩樣東西的機率還是有的啊。」

「是的。」莫言說，「所以，還有別的手段……」

「難道要加在一起吃掉嗎？」橫財冷笑，「這可是一種有趣的新吃法，就算是在瘋狂的陰界，也算少見。」

「加起來吃掉，沒錯，這樣確實已經很少見了。」莫言說，「但這會是通往僧幫的門票嗎？我們會不會漏掉了什麼呢？」

「漏掉……」橫財拿著這兩樣東西，輕輕敲了幾下，忽然，兩者的電流合而為一，而且像是有生命般，往地上流去，流過地板，流過櫃檯，最後跳向了微波爐，然後爆出一陣細微到幾乎無法感覺到的火花之後，消失了。

「微波爐？」莫言和橫財互望一眼，「合理，因為要找店員才能使用微波爐，他才能使用不夜燈，換句話說……」

「這就是答案了！」

「這小妮子操縱電流的能力，倒是不錯。」橫財哼的一聲，但這一聲哼中，帶著些許讚賞。「竟然可以用殘電給我們訊息。」

「她喔，笨蛋一個嘿。」莫言一笑，笑容中也有著同樣讚許的意味。「但卻是一個越來越可靠的笨蛋啊。」

「妳終於回來了，它，化身為咒，等妳好多年了啊。」

這聲音，就在琴的耳畔響起，她回頭，卻只有不夜燈獨有的一片黑暗。

「是誰？」琴大聲說，「誰在等我？你說誰在等我？」

那聲音沒有回應，唯一改變的，是黑暗已經散去，眼前的景色也慢慢清楚的映入了琴的眼簾。

當琴看清楚了眼前的畫面，她輕輕倒吸了一口氣，因為她知道，這次不是大胃王比賽的餐廳，不是比肩隨踵的大浴池，這次，是真的抵達了目的地。

僧幫，總部。

這裡，離藍天好近，雲朵甚至就在琴的腳下，迎面而來的風，稀薄且沁涼，周圍沒有樹，只有下方一大片一大片綿延不絕的綠色山脈稜線。

這裡，是在山頂。

甚至是萬山之巔的山頂。

僧幫的總部，一個以木頭打造，以黑色為基底，縱然巨大卻完全融入自然環境的建築，就這樣矗立在琴的面前。

「這裡海拔多高啊？」琴驚嘆，「僧幫竟然低調到把總部藏在山巔啊。」

「三千九百五十二公尺。」一旁的化九九說，「僧幫這數百年來之所以能夠屹立不搖，就只有三件事。」

「哪三件事？」

「低調、強大，還有太陽星地藏。」化九九微笑。

「低調、強大，太陽星地藏啊。」琴點頭，「這個地藏不知道是什麼人物？應該很厲害吧？」

「當然，他從幾百年前，就已是十四主星道行之首！」化九九語氣中透露著崇敬，「好啦，壞女孩，我們到僧幫總部了，準備接受審判吧。」

「審判……」琴吞了一下口水，忍不住回頭看了一眼剛剛不夜燈開啟的位置。

莫言、橫財，你們有收到我留下的訊息嗎？還不快點來救我？我要真的接受審判，就慘了啊。

此刻的莫言與橫財呢？他們可沒有擔心琴，因為他們正忙著大口吃飯。

以三分鐘內，必須吃完一大缸飯的速度，拚命吃著。

吃飯對橫財來說堪稱輕而易舉，只見他把碗往上一端，像是倒水餃一樣，各式各樣的飯菜與食物，全部落入他的大口中。

然後橫財開始咀嚼，咀嚼雖然緩慢，卻非常有力，就像是大象在咀嚼堅硬的甘蔗一樣，沒幾下就完全吞進去了。

等到橫財吃完，打了一個飽嗝，準備轉頭看向莫言，準備笑他。「嘿，老夥伴，告訴你，飯得吃快點……」

忽然，橫財微微愣住，因為莫言的碗，早空了。

不只空了，莫言一派輕鬆的樣子。

「你……」橫財滿臉不解。

「要吃完一堆食物的方法有千百種，我選了投機取巧的一種。」莫言手舉起，正是他最擅長的技，收納袋。「打包帶走。」

「啐。」橫財吐了一口口水，「作弊。」

「快別這麼說，哈。」莫言起身，「我們得去下一站，我有點擔心我們遲了，那個笨蛋真的被判刑，就麻煩了！」

僧幫總部。

琴被化九九帶著，走入這位於崇山之上的黑色建築中，一踏入其中，琴不禁低聲讚嘆了一聲。

之所以讚嘆，是因為低調，也是因為強大。

琴想起了道幫的大廳，那優雅明亮的四面採光，笑容親切的大廳接待小姐與威武的警衛，道幫就像是超級有錢又超級愛炫富的大富豪，絲毫不吝惜讓世人知道自己的財富。

而僧幫呢？它的大廳偌大且潔淨，但卻沒有什麼裝飾，給人一種走進乾淨大倉庫的感覺。

倉庫內，來來往往的都是僧幫的幫派成員，每人都是神情專注但一身簡樸，完全與這座低調的建築融為一體。

偶爾，幾個與化九九熟識的人，會和化九九點頭，同時用眼角餘光看了看琴，並在眼神中流露出憐憫的光芒。

這份憐憫，讓琴不由得感到背脊發冷，嘴裡不斷暗罵：「臭莫言、死橫財，你們不會迷路了吧，怎麼還沒趕到？」

穿過了大廳，琴被帶到了一個燈光黯淡，整體都是深灰色的小房間。

「好啦，我是帶路的人，審判的事，就交給專門的人嘍。」化九九微笑，把琴推入了房間之後，就退了一步，臉上掛著詭異的微笑，慢慢地關上了門。

而當門被關上，化九九那詭異笑容緩緩消失，琴只覺得頭皮越來越麻，接下來等待她的，會是一個什麼樣的「審判」呢？

房間內共有三個人，居中的男子身穿有如法官黑白相間的袍子，戴著厚厚小小的老花眼鏡，正認真地看著一份資料。

琴注意到，這居中男子的前方牌子寫著，「玠王僧」

左邊男子身材威武雄壯，雙目透出如鋼刃般的光芒，瞪著剛走進來的琴，而他的牌子寫著，「砎石僧」。

右邊則是一名女子，年紀約莫四十來歲，她將頭髮盤起，五官雖然姣好，但因為緊繃著臉，給人一種無法親近的距離感，她面前的牌子寫的是，「紒糸僧」。

這三個人，等到琴站到了定位，先開口的是左方相貌威武，名為「砎石僧」的男子。

「名字？」

「我，我的名字叫做……琴。」琴吸了一口氣，此情此景讓她想起了陽世的法庭，被審判者若是站在相貌威嚴的法官前，肯定也會全身簌簌發抖吧。「琴嗎？妳知道自己犯了什麼罪嗎？」這次開口的，是居於右方的女子，「紒糸僧」。

「我，我買東西不付錢？」

「是的，在陰界妳犯了偷竊罪或搶奪罪，但在僧幫，有自己的律法。」紒糸僧說，「僧幫數百年來小本經營，方能建構如此宏大企業，小本經營講究的是實收實拿，絕不讓客人拖欠任何一筆款項。」

「絕不讓客人拖欠任何一筆款項？」琴吐了吐舌頭，「這麼強悍？」

「是的，這律法是僧幫強大的基石。」紒糸僧說，「如今，妳牴觸的是僧幫的立幫精神，妳犯的是僧幫的最高法律！妳可說是罪大惡極！」

「只是，只是幾包餅乾沒付錢，好吧可能還有一些衛生紙……」琴欲哭無淚，「有這麼嚴重嗎？」

「就是這麼嚴重！」右邊的男子「矴石僧」一聲大喝。

「是。」琴感到他的吼聲有如一塊千斤巨石落了地，雖不響亮，卻讓大地微微一震，不愧是石字旁的矴石僧。

「不過，妳該慶幸，琴。」這時，開口的仍是紒糸僧。「僧幫沒有死刑。」

「嗯。」

「我們會以勞役取代死刑。」紒糸僧如此說。「而按照妳這麼重大的犯罪情節，請問玠王僧，她該判幾年？」

玠王僧，這位始終沒有開口，只是戴著老花眼鏡低頭看資料的老人，似乎是三僧中地位最高的，而最後的刑期更應該由他來決定。

「原告共取了六十一項生活用品，按罪責累加的慣例，等於要乘上六十一倍，而一項物品不付錢過去經驗是罰三年勞役。」玠王僧慢慢地說著，「換句話說，這位……琴女士，妳必須在本幫服勞役共一百八十三年。」

「一……百八十三年！這不就等於是一個陰魂的一輩子嗎？」琴眼睛睜得老大，「只是因為一次買東西不付錢？」

「是的。」玠王僧舉起了手上的小鎚子，朝著桌面上一塊白色圓潤的石板，打了下去。

「就此定案，罰受刑人琴女士，一百八十三年勞役，不得易科罰金，即刻起開始實施！」

一百八十三年？琴張大了嘴巴，不過是偷了零食和衛生紙？有必要罰上三輩子的勞役嗎？

我的媽啊，這幫派根本瘋了！臭莫言、笨橫財，你們到底什麼時候才要來啊。

僧幫的另外一頭，大澡堂。

此刻，莫言和橫財正褪盡衣物，非常悠閒地泡在溫度四十二度，堪稱最舒適的泡澡溫度中。

「僧幫還挺會享福的啊。」橫財一身橫肉，但橫肉下卻隱約可見發達健壯的肌肉線條。

「進入僧幫前先吃飽，還先洗過澡。」

「說是慰勞辛勞的員工，我倒覺得這是一種強大的防禦措施。」莫言同樣脫去了衣物，他的身材修長，長年鍛鍊道行和武術讓他肌肉緊實，清晰的六塊肌與優美的人魚線，在他身上繪出如藝術般的圖騰。

「怎說？」

「這兩個步驟是一種拖延時間的手段，如果對方是大軍式的進攻，光到吃飯那一關就會驚動總部，就算通過吃飯，到了洗澡，這麼大群的軍隊要脫衣洗澡，剛好成為被反擊的肉靶。」莫言閉著眼，額頭上蓋著毛巾，正享受著全身毛細孔打開的舒暢。

「也是嚕，像上次道幫遭受進攻，對方引來一大群陰獸，這樣的招式對僧幫就完全沒用。」橫財點頭，他的頭部和肩膀共蓋了三條大毛巾，要讓熱氣均勻地擴散到身體每一個位置。「陰獸根本過不去不夜燈這一關。」

「正是嘿。」莫言說，「只能說，僧幫的低調，確實是它長年不敗的秘密。」

「更何況，僧幫總部內高手甚眾。」橫財說，「只是多年來極為低調，所以在陰界的名聲不如政府與道幫這麼響亮。」

「沒錯，僧幫以太陽星地藏為首，陰界最強之名享譽百年不墜，內部兩大甲級星，較為人熟知的『錄存星』小鬼，還有一個低調到幾乎沒有人知道是誰的『化錄星』……」莫言說，「值得一提的是，化錄星雖然低調，但卻是實際掌握僧幫運作的重要人物。」

「化錄星嚕。」橫財沉吟，「就算是三十年前的黑幫大戰，我也沒碰過這傢伙，這傢伙究竟多低調啊？」

「就怕不只低調，還是易容好手嘿。」莫言說到這，微微一頓。「更何況僧幫還不只錄存與化錄兩星，旗下最有名是九大介僧。」

「九大介僧嚕……」橫財點頭，「確實是難纏的角色，我記得那九個傢伙……玠王僧、芥草僧、蚧虫僧、吤口僧、砎石僧、紒糸僧，疥病僧，妎女僧，到魪鬼僧，雖然低調，但卻是實力強到很麻煩的一群傢伙。」

「就是如此嘿。」莫言點頭，倏然一聲從大澡堂中站起。「好啦，差不多啦。」

「嗯。」

「咱們該去下一站了。」莫言露出帶著邪氣的笑，「免得那小姑娘真的被審判定罪，甚至要服刑，她一定會恨死我的啦。」

肯定，會恨死你們了吧？

「一百八十三年勞役，定讞。」只見那名面容姣好但神情嚴肅的女子，紒糸僧，手一揮，手中突然出現一條紅藍黃三色交錯的繩索，捆向了琴的雙手。

琴一見到這條繩索，隱隱知道這就是這紒糸僧的「技」，一旦被捆上，就怕解開的方法會是艱難無比，琴潛運道行，電光在她雙掌間隱隱鼓動。

但在琴也發動電能的同時，忽然，另一位相貌威武如剛石的矸石僧，突然眼睛圓睜，「想動技？還不乖乖束手就擒！」

「啊？」琴抬頭，卻見矸石僧從法官位子一躍而起，而他的雙手，不知何時正舉著一顆大石。

「矸石僧之技，投石入海！」

大石體積碩大，約莫三公尺乘上三公尺的大小，挾著兇猛之勢，朝著琴直接打下。

「搞什麼?怎麼會有人隨便就變出一顆大石頭呢?」琴一邊叫著，雙手盤旋，一道紅色電光已然成形，接著雙掌合一，往前推去。

琴的手心綻放燦爛紅色電光，擊向大石，但卻見大石雖然冒出陣陣黑煙，卻沒碎裂，繼續朝琴直壓來。

「對啊，石頭不導電，所以電的威力會下降?」琴吐了吐舌頭，再次往前一推，這次電光由晶燦的紅轉為明亮的橙色。「下手得重些!」

電能加強，終於對頑石造成威脅，大石被橙電轟中，滾了兩圈，終於滾離軌道，也讓琴滾離了被壓扁的危機。

「好險……」琴吐了吐舌頭，同時她右腳往前一跨，已然趨前。

趨前之際，她右手舉起，掌心透出強烈橙色電光，朝著矿石僧而來，多次死裡逃生的經驗，讓琴知道一掌握時機，就要反守為攻。

在電偶的刺激下，琴的速度迅捷異常，眨眼間，就已經竄到了矿石僧的前方，她纖細的手，甚至按上了矿石僧的胸口。

「好樣的。」矿石僧神色詫異，「好快。」

「抱歉，因為同伴太不可靠，我只好靠自己。」琴一笑，「你當我的人質一下子，不會介意吧?」

琴一笑說完，手上的電光猛然催勁，就要將矿石僧全身上下的肌肉以電能麻痺，藉此控制矿石僧行動力，來逃脫這裡。

但卻聽到矸石僧發出低沉的冷哼，「被僧幫判刑的，從來沒有成功逃脫過，妳以為是為什麼？」

「為什麼？」

「因為僧幫很強啊。」矸石僧眼睛一睜，全身上下開始散發奇異的灰色光芒。「石之技，鐵石心腸！」

「鐵石心腸？」琴發現手心的觸感陡然改變，原本矸石僧胸口有彈性的肌肉，竟在這招之後，變得堅硬如鐵。「全身石化了！」

「正是全身石化，拳頭與電力的傷害都對我減弱了！」矸石僧大笑，「看妳怎麼傷我？」

「好一個鐵石心腸！」琴微笑，「在陽世當一個每天看著文字校稿編輯的時候，真的很難想像死後還有這麼一個莫名其妙的世界，但既然已經來了，那就繼續玩耍吧！看我的……電感！」

「電感？」矸石僧一愣，「這是什麼？」

「這是在茫茫人海中尋找一根針的技術。」琴微笑著，同時間，以她自己的眉心為圓心，微弱但精準的圓形電磁波，如海潮般一圈圈往外散去。

這些電磁波有如國防軍隊的雷達，每碰到任何阻礙它的物體，立刻反射，並透過反射的方式刻劃出物體原本的模樣。

而琴，正透過電感，搜尋矸石僧這身「鐵石心腸」的弱點。

「糟糕。」矽石僧意識到這招可能是自己的弱點，一時間還沒想出解法，就看見琴已經將她的纖細小手，移到了矽石僧的腹部往上一吋，胸口往下一吋之處，這裡就人體而言是橫膈膜處，但對矽石僧而言，更是讓他打從心底發涼的位置。

因為，這裡就是鐵石心腸最大弱點處。

「在這裡打一發電。」琴看著矽石僧，笑容調皮。「好像會破解你的鐵石心腸，對吧？」

「啊啊啊啊！」矽石僧大吼，這次，他不再防禦，只見鐵石心腸瞬間解除，取而代之的，是他猛揮而來的右拳，以及右拳上不斷增生的石塊。

而且這石塊不再是剛才的土灰色，反而呈現深沉的墨黑色，每面更反射著兇暴的黑光，有如深埋地底堅硬如鐵的黑曜石。

「這招……」琴看見這招的威勢，也忍不住吞了口水。

「記好，這黑色石頭是硬度更高的黑曜岩，而這一招就叫『石破天驚』啊！」說完，矽石僧的拳頭已經落下，伴隨著地板的震動與四處噴發的煙塵，就這樣將琴的身影完全吞噬！

石頭很硬，矽石僧拳頭威力很強，毋庸置疑。

但這拳，究竟有沒有打中琴呢？

『石破天驚』的拳勁轟入了地面，但地面卻沒有琴血肉模糊的軀體，那她的身體呢？她的身體，竟然穩穩地站在矽石僧的肩膀上方。

「怎麼回事？」矽石僧驚駭地將頭高高抬起，想要看清正站在他上方的琴。

「電速。」琴的掌按在矽石僧的後腦，指尖透著電光，電光又隱隱有箭影。「很抱歉，我承認你的拳頭很有勁，但速度慢了些，所以我很容易就逃出來了。」

「慢？妳說我慢？」矽石僧怒吼，手上黑曜石般的拳頭，在空氣中揮出四、五圈暴力的弧線，每個弧線都能輕易地斬斷空氣，爆裂敵人頭顱，但卻都……打不中琴。

「嗯，攻擊威力真的不錯喔。」琴在黑曜岩軌跡組成的交錯網絡弧線中，自在優游地閃躲著。「其實我一點都不快啦，像是火星鬥王、刀堂木狼、劍堂天策、神偷莫言，甚至是鬼盜橫財，嗯，這些都比你快喔。」

矽石僧的石破天驚每一下都相當消耗體力，而他已經揮出了超過三十拳，卻完全沒有辦法碰到琴的一絲衣角。

琴的電速，是以電學為原理，將人體瞬間轉變為千億個電子，並透過電子在能階的躍遷所產生的移動，在短程的距離中速度已經接近瞬間移動，也難怪身為僧幫九僧的矽石僧，怎麼揮拳都打不到她。

見到矽石僧揮拳揮到滿身大汗，氣喘吁吁，轉眼就要力竭而敗，這時，那位面容清秀但神情嚴肅的紒糸僧開口了。

「我來助你。」

這聲我來助你才剛剛說完，琴就見到眼前一片七彩細線從天而降。

「線？」琴吃了一驚，陰界的技層出不窮，這次又要遇到什麼了？

同時間，琴感到右手一緊，這些細線竟像是有了生命般，一圈一圈，纏繞上了她的右手。

「慈母手中線。」紒糸僧突然出現在琴的右邊，手持針線，開始將那一圈圈七彩細線，順著琴的右手，縫了起來。

紒糸僧的速度很快，轉眼間琴的右手就像是多了一個臂套，被紮紮實實地包捲起來。被包捲起來還不打緊，重點是，琴突然覺得右手一空，竟然使不出任何力氣。

「遊子身上衣。」紒糸僧再次朗誦，身形眨眼間就來到琴的左邊，紒糸僧纖細靈巧的手指，來回穿梭，琴的左手上，又一個七彩袖套成形。

同時間，又是一股無力感從左手傳來。

「這些絲線，能夠抑制我的道行嗎？」琴驚訝，她雙手已經被套上絲線，但她還有雙腳，她已經不是當年那個一定要拍掌才能發電的女孩，她在陰界這段時間，經歷了大大小小各場戰役，她的右腳抬起，一股電能，就從她的膝蓋噴出，直射向紒糸僧。

「戰鬥不是我的強項。」紒糸僧不閃不避，「所以我向來會和戰鬥者搭配。」

「戰鬥者？」琴瞬間懂了，因為在琴的右腳前方，一團黑曜岩光芒，反射而來。

這黑曜岩的光芒，不用說，自然是剛剛才被嫌慢，但威力卻是十足的斫石僧之拳。

這矸石僧的右拳與琴的右腳電能相碰，爆發燦爛電光之後，頓時抵銷了琴的這波攻擊。

下一秒，琴感到右腳一緊，上面又被紒糸僧纖細靈活的十根指頭，綁上了新的腳套。

「臨行密密縫。」紒糸僧再次唸著，當她唸完，琴的右腳也踏上了雙手的後塵，失去了力氣。

「不太妙啦。」琴嘆氣，左腳往前踏出，又是一道電光蓄積，朝著紒糸僧而來。

「同樣招式，已經沒用了。」矸石僧低吼，拳頭再次對著琴的左腳砸下。

但這次琴的電光卻不是瞄準兩大僧人，而是繞了半圈，打中了琴自己的左手。

「打歪了？」矸石僧才要冷笑，卻發現琴的電能像是一團火焰，轟然一聲，開始猛烈燃燒起她右手上的紒糸僧袖套。

「要破壞我的慈母針線，沒有那麼容易的！」紒糸僧雙手拉起針線，開始狂縫琴的左腳。「意恐遲遲歸！」

「可惡。」琴的左腳也被縫住，但她一扭纖腰，一股電能隨著她的腰部旋轉而上，接著一條黃色電蛇順著這股旋勁出現，再攻向琴右手的袖套。

電蛇在袖套上高速盤旋，不斷摧毀紒糸僧縫上的禁制袖套，袖套上焦黑的毛線紛紛翹起，要破壞這袖套，似乎也是遲早的事。

「誰言寸草心！」紒糸僧也感覺到袖套轉眼就要被琴破壞，速度再次加快，這次縫的位置是琴的腰部，一個如同女生減肥馬甲的縫套，已經在琴的腰部成形！

了啦！」

「哎啊。」琴氣得想跺腳，但雙腳都已經被綁住，只能哇哇大叫。「現在拚速度就對

「我的慈母針線，共有六個句子，慈母手中線，遊子身上衣，臨行密密縫，意恐遲遲歸，誰言寸草心……以及最後一句，報得三春暉！」紒糸僧雙手揑著針線，已經到了琴的後方。「只要完成了六個句子，我的禁咒就絕對能完成，就算妳是危險等級六的甲級星，也只能乖乖躺好束手就擒！」

「哎啊，這樣只剩下最後一句了耶！」」琴雙手雙腳與腰部，全部被捆上了禁咒的毛線，她唯一能動的位置，那就是……頭部。

「對，就是頭部。」紒糸僧閃身到琴的身後，然後一圈圈的毛線，開始捆住琴的臉與頭。

「我從來沒有用頭部發過招耶。」琴嘆氣，「聽莫言說，技靠的是想像力，那我就來想一想……」

琴想到了莫言，想到了天廚星冷山饌，想到了木狼，想到了火星鬥王，如果是他們會如何運用自己的技，透過臉部進行攻擊？

忽然，她感受到了一股電，竟從她身體百骸，透過千絲萬縷的神經脈衝，匯集到了她的口中。

琴有點訝異，但她輕輕嚼了兩口，這股電能互相交纏，竟在她口中就像口香糖般越咬越濃，而且還帶著強烈的辣勁。

而且，越辣，也就越強！

「報……得……三……春……」紒糸僧耗盡全力，拚命縫補琴的頭部絲線。「讓我把妳徹底封印，乖乖受刑……」

在紒糸僧眼中，琴後腦的絲線，僅剩最後五處，而紒糸僧十根手指一個起落，就是一處被針線填上，再一個起落，又是一處被填上，轉眼間，只剩三處。

而琴口中的電能口香糖，也在這時候被嚼到脹滿了嘴，就要破嘴而出。

十根手指舞動，剩下兩處，剩下一處，最後……紒糸僧右手食指拇指捏住長線，放到嘴邊，就要咬斷。

只要線一被咬斷，紒糸僧的慈母針線就此完成，琴的一身技能將會被完全封印，不再有任何逃逸的機會，同時也完全斷絕琴的生路。

就在此時，琴的小嘴微微張開，那一枚積蓄了全身力量的電球，帶著琴至今最高級的綠色電芒，暴湧而出。

針斷了。

被抽起的線漫天飛舞。

琴的這一口電，吐得是精采絕倫，它像是一隻小精靈，骨碌碌地爬過了斫石僧的黑曜岩之拳，然後剛好掉在紒糸僧手上的針線上。

接著，電能迴轉，猛力炸開。

強大的炸力，炸裂了紒糸僧手上的針，電能更順著細線燒了回去，就像點燃火焰的引信，要將琴身上的細線，全部燒裂。

「糟糕。」紒糸僧手上的針碎了，她連忙重新凝聚道行，在指尖揑出一根針，卻跟不上琴這口電團的速度。

「麻煩了。」矸石僧同樣怒吼，他空有一身蠻力，但此刻電團順線而走，路徑極度小巧精密，根本不是矸石僧這粗大硬拳可以阻斷的。

所以，琴在此刻，靠著一口電，即將逆轉局勢？

即將……

忽然，一隻手，蒼老的手，突然按住了琴的頭部。

一個威嚴聲音，傳入了琴的耳朵。

「吾乃玠王僧，孽徒，退下。」

琴這一瞬間，只覺得全身的道行都被這隻手壓制，彷彿雙腳踩空，掉入深不見底的懸崖中，包括那一口電，正在攻擊左右手袖套的電，全部啪一聲瞬間熄滅。

琴忽然明白，這最後出手的玠王僧，才是三名僧人中最強的一位。

而他一出手，琴將沒有任何逃脫的可能。

下一秒，紒糸僧終於再度形成了她的針與線，幾個漂亮的手起手落，頓時將琴的頭部以絲線捆住，有如一個布織的面罩。

此刻，琴的左手、右手、左腳、右腳、腰部，到最後的頭部，都有了一圈套子。

琴的技、道行，一身功力，終於被完整封印住。

道行被封，琴頓時往後倒去，意識逐漸散失，而散失之前，她忍不住心裡碎唸起來……

「臭莫言、臭橫財！你們到底在哪裡？說好一起偷東西的，不是嗎？你們不會吃飯吃得很開心？洗澡洗得正爽吧！我恨你們！你們兩個白痴！」

然後，琴腦中一片空白，她已經被紒糸僧的「六句針線」完全封印，徹底淪為僧幫的階下囚，準備去服她浩瀚悠長的一百八十三年勞役了……

第六章・洞與環

陽世。

一間約莫四十坪的房子，位於十六樓，三房兩廳，格局方正，重點是，它還位在這城市中最精華的地段。

這房子只住了一個人，一個三十餘歲的女子，她隻身來到這座繁華的城市，靠著自己的努力、聰慧，與獨特的魅力，短短的六年內就買下這間房子。

回想六年前，她剛從學校畢業，進入了大公司上班，擔任會計工作。

她懂會計，但她的能力卻不限於會計，因為她不只在數字上運作得宜，她更懂得調度人力，安排會議，協調各單位，整合所有資源……短短三年內就讓她受到高官青睞，連升三級，成了會計中階主管。

但她想要的不只如此，三年後她決定離開薪水優渥的大公司，自創工作室，專門替小公司處理會計事務，調度那些小公司最頭疼的……金錢流動。

因為她的魅力獨特，意志堅定，手腕柔軟，一年內便吸引了各方人才，無論是不可一世的年輕天才，或是資歷豐富的沙場老將，紛紛進入她的工作室，在她的麾下貢獻心力。

於是，她的工作室生意鼎盛，口碑極佳，就算價格比同業更貴，委託仍然應接不暇。

業界流傳，你付給她一倍的價格，她會替你賺兩倍，若你付兩倍的價格，她會幫你賺四倍，如果你懂得付給她十倍，她會笑著搖搖頭……

「老闆，如果你肯，把公司給我管理吧。」她笑，「我會讓你看見你公司的潛力。」

就這樣，若是老闆真敢將管理權交給她，她就會派出她麾下愛將，進入公司內部快速整頓，剔除冗員，廢止無效政策，一年內公司轉虧為盈，再一年就會逼近公司有史以來最高獲利……

一次又一次，一回又一回，她六年內買下別人一輩子都不敢想的精華區住宅，不只如此，當時間進入第七年，她已經買了十二間相同地段的房子。

她確實是所有人眼中的勝利者，強大、獨特、果斷，充滿魅力。

每個自認領導者的人，碰到她時，短短數秒內就會明白一件事，自己終究只是一個追隨者。

真正的領導者，就在眼前。

這名三十餘歲的女子。

與生俱來，沒有半點讓人質疑的領導者。

這女子，人們稱她女王，對她敬畏，想拉攏她利用她……但只有與她同享青春的好友，才知道她的真正綽號。

那個綽號，就叫做小風。

小小的風，吹過湛藍的天，所以是小風。

而這個綽號的命名者，當然不是別人，正是會跟小風一起蹺課，躺在暖暖草地上看夕陽發呆整天的女孩，琴。

特警的門，嘎一聲緩緩打開。

那個人，身穿黑色運動外套，外套上繡著一個不怒自威的公牛圖騰，正背對著門站著。他的身邊，或站或坐，共有二十三個人。

每個人都目露凶光，殺氣騰騰，光論氣勢都足以擔當一個小型黑幫的領袖。

「門開了，卻只進來……一隻貓？」二十三個人的眼中，都無聲的露出疑惑，但下一秒，一人的說話聲，頓時打斷了所有人的疑惑。

「這隻貓，不得了啊，老大。」開口的人，聲音似男似女，既有著男子的剛強也有著女子的柔細，她正是特警第二把交椅，若男。「這份道行，難怪能一路殺到警察局的最高層呢。」

「嗯。」這個老大，背上公牛圖騰張牙舞爪，隱隱就要破衣而出。

而小虎慢慢走進了特警辦公室，牠昂首，冷冷看著這群人，細長的貓眼掃過所有人，除了在若男身上微微停留以外，最後牠將目光停在穿著公牛外套的男人目光，就沒有移動了。

「大哥，因為這隻貓可能有點厲害。」若男說，「讓我們一起上，四號，你負責左邊，六號，你負責右——」

但若男的話沒有說完，這公牛外套的男人就說話了。「不用。」

「不用？」

「貓街之主。」公牛外套男人雙目如雷如火，直射向眼前這隻單槍匹馬前來的小貓。

「你既然敢隻身赴約，身為特警之首，又豈能不單獨與你一戰？」

男人目光如火，但小虎的貓眼卻緊緊與他對視，綻放如千年冰巖般的冷峻與堅毅。

「希望，」男人雙手握拳，左右打開，一股隱隱自天空降下的狂暴龍捲風，籠罩他全身。「你不會讓我，天魁星無道，失望。」

「喵。」小虎聲音低沉地回了一聲喵。

這聲喵，低沉而威猛，有如一波無聲卻冰冷的音浪，捲向現場的二十幾個特警，所有的人禁不住微微打了一個冷顫。

這聲喵，已經給了天魁星無道戰帖最好的回答。

我不會讓你失望，但是你也別讓我失望啊！

然後，無道發出一聲大喝：「所有人，給我出去！」

出去！這一剎那，二十幾名特警急忙後退，從特警辦公室的後面湧出，其中還包括了若男與她手裡所牽的十歲小女孩。

小女孩倉皇間回頭，她看著無道氣勢不斷壯大的身影，小女孩嘴裡默默說著：「背後有一頭牛的叔叔，你一定要贏喔，我還有十幾年的炸肉圓要給你吃。」

無道沒有回話，但他的右手已經開始擺動起來。

有如鐘擺，輕輕晃動著。

這是要出拳前的徵兆。

而小虎的前足也微微蹲踞，尾巴豎起，有如深山中的猛虎，即將撲擊而來。

整場警局大戰，最強的兩大首領，終於在此時此刻，要碰頭了。

這棟警察大樓，所使用的建材等同軍事碉堡，是以沉睡在地底三百年以上的陰獸「巨岩蛹」、海底陰獸「鋼筋鱈」與森林之王「建木」的部分木材共同建築而成。

先以森林之王建木的巨木，撐起整棟大樓的樑柱，然後以鋼筋鱈體內的骨骼，不斷用方格穿插出大樓支架，最後，在水泥牆中混入巨岩蛹脫下來的殼，強化了韌性與硬度，讓大樓更加牢固，更加無法被攻破。

如此堅固的結構，讓這棟警察大樓就算經歷了數百次黑幫突襲，仍屹立不搖，而那些黑幫突襲後所留下的傷口，也只是這棟大樓外層小小的勳章而已。

不過，這一天，就在這一天。

這棟屹立了數百年的大樓，即將遭受前所未有的挑戰，甚至有從內部整個崩塌的風險，因為此時此刻，在裡面戰鬥的，是陰界中難得一見的兩方霸主。

特警之首，天魁星無道，與貓街之主，小虎。

而出第一拳的，不是別人，正是絕不居於劣勢，冷酷的特警之首，無道。

兩大強者，短暫的對峙之後，都選擇了相同的模式，那就是主動攻擊。

當兩強交上了手，頓時明白，為何小虎不讓其他貓群踏入這房間，同理，也明白無道為何將他的部下們驅趕離此地。

因為小虎和無道很像，他們都很強大。

無道的拳頭，每一次揮拳，都足以激起空氣中顫慄的波紋，然後威猛的拳勁就捲動著這波紋，轟向小虎。

地面炸裂，辦公室的桌椅也碎成百餘塊，而在這些碎裂的物體之中，鋒利貓爪破體而出，還在地面上抓出四道爪痕。

無道不避，絲毫不避，只是繼續揮拳。

拳勁威猛，如一枚剛體砲彈，硬撼貓爪，在空中碰撞出足以震動整個房間的氣爆，然後雙雙抵銷。

接著，小虎在這房間內的地板、天花板與牆壁之間自在跳躍，並不時發出愉悅的喵喵聲，以及能夠輕易將汽車支解成四、五塊的爪子勁風。

短短的三分鐘內，整個辦公室已經面目全非，地面上是凌厲爪痕，天花板是拳頭穿孔，牆壁上則是兩者合而為一的抽象畫。

不過，也幸好警察大樓的結構堅實，這兩大高手初試啼聲，只造成了表層的傷害。

「你我，很像。」無道開口了，「三分鐘熱身結束，接下來，要認真嘍。」

你我，很像？

小虎的身影，正盤據在天花板與牆壁交界處，那沉默的貓臉，在聽到這句話時隱隱露出了微笑。

牠也認同嗎？

「那就讓你看看，老子我無道的技吧。」無道冷笑，然後他低下頭，嘴裡呸的一聲，竟然吐出了一口唾沫。

唾沫？小虎歪著頭，牠還在猜測，無道的絕招是什麼？

只見無道口中的那口唾液，緩緩地下墜，眼看就要落在無道自己的掌心，但……奇怪的事情發生了！

白濁的唾液沒有墜入無道掌心，反而轉了一個彎，在無道的手臂處繞了一圈，然後又繞了回來，最後，就這樣在無道的手臂外圍繞起圈來。

喵。小虎感到些許有趣，但卻也感到些異樣，特警之首，這個享譽陰界的男人，會有什麼樣的招式呢？

只見那唾液順著無道的手臂外圍不斷轉動，竟然越轉越快，越轉越快……到後來，甚至已經直接轉成一大透明的大圓。

「喵。」那轉動的氣勢之強，已經讓小虎感到警覺。

「哈哈，接好嘍！」無道放聲大笑，同時間右手一震，手上的唾液轉動而成的圓圈頓時飛了出去。

這圓飛的速度極快，而且氣勢驚人，朝著小虎直撲而去。

「喵。」小虎豈是弱者，牠貓爪倏然前伸，竟要硬接這一口唾液，一爪一圓，瞬間接觸，嘶的一聲長音傳來，爪子與唾液高速摩擦，竟然爆出驚人火花。

火花持續了數秒，直到唾液乾涸，才終於停止。

而小虎的爪子已然冒起一縷黑煙。

光是一口無傷的唾液，透過無道的技，就有這樣驚人的威力，如果是其他的……

「貓街之主啊。」無道微微一笑，「看懂我的能力了嗎？我來點實體好了……啊，就鈕釦好了。」

只見無道拔下了一個鈕釦，然後輕輕拋起，接著，又是一拳朝著小虎，揮了過去。

揮拳的同時，那顆鈕釦竟也如剛才的唾液，繞著拳頭，以肉眼難辨的速度，高速旋轉了起來！

「此乃我的技！」無道的這枚鈕釦，就這樣越繞越快，越來越鋒利。「就是此技，讓我滅去無數作惡黑幫，讓我在警界稱霸特警屹立不搖！它的名，就叫『魔之土星環』！」

魔之土星環？

土星環是宇宙中最美麗的景致之一，而它的由來不是別的，就是引力。

宇宙中漂浮的碎石與冰塊，被土星的引力所捕捉，忠實而穩定地順著土星繞行，而無道所擁有的技，就是引力，就是如同土星般美麗魔幻，卻又威力無比的魔之土星環！

這次，小虎感到前方正圓所帶來的危險與壓力！這不是一個會隨著時間乾涸的口水，而是一個實體，一顆鈕釦！

這枚鈕釦，帶著濃烈且顫慄的圓形，朝著小虎飛來。

小虎歪著頭，看著這圓形快速逼近，然後牠輕盈地躍起，牠躍起的時機恰到好處，柔軟的身體竟順著圓形的方向轉了半圈，精巧躲掉這波攻擊。

鈕釦圓沒有擊中小虎，反而射中了牆壁，嘎嘎嘎嘎幾聲亂響，以巨岩蛹堅硬的殼製作的水泥牆，曾抵禦千百次劇烈攻擊的牆面，竟被這鈕釦圓硬是割出一個深達數十公分的痕跡。

直到鈕釦本體已經破損，無法維持正圓，才逐漸減慢，這深痕也才不再繼續往下延伸下去。

當鈕釦破碎時，小虎已經順著這個勢，撲向了無道。

在空中時，小虎四足張開，爪子露出，化作空中的一團帶刺兇器，抓向無道的臉。

「反擊了？好，不愧是貓街之主。」無道眼睛綻放凌厲光芒，雙手張開，全身能力提升，同時間地面上的不少東西已經浮起，地上的小石子、桌上的廢紙，還有用來做筆錄的藍色原子筆，以及不知道是誰的鼻涕紙，全部都離地而起。

四樣東西，平常廢到讓人瞧不上眼的廢物，此刻在無道的技能牽引下，已經變成能輕易將任何物體切碎絞爛的極危險存在。

四個大小與質量截然不同的物體，在無道雙手手臂上猛轉，轉出一個又一個大小不等的圓。

「來！」無道雙手揮拳，手上的東西已然射出，四個圓，有的半徑有一公尺，有的半徑僅有三十公分，同時砸向了小虎。

因為這四個物體質量、大小、密度各自不同，在無道的引力牽引下，形成四組直徑和速度截然不同的圓。

圓有大有小，速度有快有慢，力量有強有弱，剛好組成一種混亂陣法，迎向小虎。

小虎一個扭身，要再次展現牠優雅靈魂的身段，轉過這四個圈圈，但牠才轉到一半，就停了腳步。

因為無道這次的戰法有了變化，他竟然追著這四個圓而來，同時雙拳舞動，每一拳都是一枚砲彈，混在四個引力形成的刀圓之中。

「貓街之主，且看你如何破解此陣？」無道與四個圓組成的攻勢，凶險且毫無破綻，直壓小虎而來。

小虎蹲踞在地，虎斑短毛豎起，尾巴直挺，發出了一聲，喵。

這聲喵，乍聽之下細微，但隨之越來越響，如風雷，如地鳴，山為之崩，地為之裂，聲音化成巨大浪潮，衝向無道和他的四個魔之土星環！

破裂。

四個魔之土星環的軌道錯亂，無道被聲浪沖得往後退了一步，然後下一秒，小虎猛然躍起，朝著無道的臉抓了下去。

這可不是一般貓咪抓抓，若被統領整個貓群的小虎一爪抓抓下，無道脖子以上，肯定化成漫天肉末。

但就在貓爪即將碰到無道面孔之際，卻見到爪子影子下，無道的臉孔，竟然沒有絲毫畏懼，甚至在嘴角處，浮起一抹冷笑。

「魔之土星環！」無道冷笑，「衛星捕捉。」

捕捉？小虎微愣，這時候無道的引力還能捕捉什麼？地面上的那些雜物，都遠比小虎的爪子更遠，無道怎麼可能來得及吸引它們來反擊？

然後，小虎感到身體一緊，彷彿被一股無形的力量抓住，更無法抵抗的急速轉動起來，瞬間小虎明白了。

魔之土星環捕捉的衛星，是自己。

是小虎自己！

下一刻，小虎的身軀在短短一秒內就被轉了上百圈，然後筆直地朝牆壁撞了上去！

這一撞，撞得這棟超強大樓都微微震動，而小虎所撞上的牆壁，更因此而出現如蜘蛛網般的裂紋。

小虎喘著氣，輕盈地從牆壁上的凹陷處跳了下來，抖落身上的碎石灰塵。

而眼前，無道的周圍，已經又出現了七、八個魔之土星環，他又開始操縱周圍的物體了。

「下一波攻勢，只會更強，接好了。」無道大喝一聲，身上八個魔之土星環同時射出，八個大小不均的圓環，切過地板，割開沿路辦公桌殘骸，朝著小虎直衝而來。

小虎知道，自己陷入了苦戰。

就算牠可以擊落這些魔之土星環，可以閃開無道的拳頭，但只要最後的衛星捕捉牠躲不掉，牠就無法傷到無道，這就會是一場有敗無勝的局。

該如何應對？小虎思索著，但無道已經不打算等牠了。

比剛才更強勢的攻擊，八個魔之土星環，加上無道親自揮拳，以及潛伏在後的「衛星捕捉」，已經如飢餓死神般，朝著小虎方向撲來了。

轟！

八個魔之土星環，連同無道的雙拳，再加上限制小虎行動的「衛星捕捉」，三管齊下！破壞力、切割力、殺傷力，全部轟向了同一個地方。

其威力之強，不只是小虎所在位置被絞得稀巴爛，整堵牆壁，這曾經抵禦百次黑幫突襲，以陰獸「巨岩蛹」、海底陰獸「鋼筋鱈」與森林之王「建木」共同建造的壁壘，竟然跟著碎裂、塌陷！

當高牆倒下，外頭深沉的夜色與一棟又一棟的建築物，跟著顯露出來。

「呼。」無道放下雙手，沉默的凝視著此刻的夜空。「多年未出全力了，上次是火星鬥王？不，也許是那隻猴子？」

「接下來，該輪到門外的貓了……」

但，無道的自言自語，卻在此刻戛然而止，因為一個聲音，就在牠後腦處，不到三公分的地方響起……

那聲音雖然細微，但內含的傲氣卻如此熟悉，那聲音正是：

「喵。」

門後。

肉圓少女緊握雙手，抬起頭。

「好像受傷了。」

「誰？」若男問她。

肉圓少女閉上眼，眼角隱隱淚光閃爍。

「背後有一隻牛頭的叔叔啊。」

血珠在空氣中串凝成一條美麗的紅線。

而這條紅線的起點，正是無道的左臉。

左臉是血的起點，沿路通過左臉頰、左脖子、左肩膀，到左手臂，最後停止在左手掌。

這爪下去，幾乎可以說是廢去了無道的左手，但就是差了那麼一點，沒有拿下無道的生命。

而無道面對自己左半邊的驚人傷口，他只是沉默，然後抬頭，霸氣瞪著眼前的小虎。

「你，剛剛用了什麼技？為什麼能躲過的絕招，然後出現在我後方？」

喵。小虎只回了無道這一個有等於沒有的答案。

「很好，我想你不會告訴我，但我會用我的拳頭找到答案。」無道眼中殺意越來越濃，濃的原因，是因為這對手，實在很強。

無道雙手再次打開，在他土星環的引力牽引下，被摧毀的牆壁石頭，開始緩緩飛起，然後再次繞著他疾速轉動起來。

石頭，或大或小，或重或輕，再度開始繞著無道身軀運行。

一個又一個猛烈的正圓，也跟著產生，有的直向，有的橫向，有的斜向，真如各色魔之土星環，展現其強大且顫慄的畫面。

「用你的生命，告訴我答案吧！」

這一剎那，小虎明亮的貓眼中，倒映出這些大大小小的圓圈，圓圈正翻動著它們奪命的氣息，快速逼近而來。

速度太快，威力太強，沒有半點縫隙，小虎知道，牠只能再使用那一招。

於是，牠右腳輕輕往後一踩。

右腳腳底下，突然出現一團黑圈，跟著右腳往下一沉，半隻貓足竟沉入黑圈中。然後左腳跟著往後，同樣也陷入了黑圈之中。

接著，整隻貓體往後一滑，竟像是滑入了水中一般，進入這個黑圈裡，消失了。

小虎才剛消失，漫天狂舞的暴力正圓就已經駕到，把地板、剩餘的三面牆壁，還有天花板，全部絞成一片稀爛。

小虎到底到哪裡去了？剛剛的黑圈是什麼？

無道眼睛瞇起，他知道這一次又沒有擊中這隻貓了，這隻貓擁有特殊的技，所以又逃掉了。

但無道很清楚，他手上那些魔之土星環的威力，再加上衛星捕捉的保護，這隻貓絕對不可能在無傷的狀況下硬衝出土星環，唯一的可能就是這隻小貓的能力，不是硬衝。

如果不是硬衝，那會是什麼？難道是……忽然，無道笑了，他目光往下，看著自己的腹部之處。

那裡，不知何時，竟然出現一團黑圈。

一雙凜冽的貓眼，正從黑圈中透了出來。

「是空間跳躍！」無道右手已經按在腹部的黑圈之上，「所以你才能直接跳過空間，避開衛星捕捉，直接到我背後？」

喵。

「貓原本就是陰陽生物，但我從來沒有看過像你能自行製造陰陽入口的！你不是一般的陰獸！你是……你是十二陰獸之一，夜影吧！」

喵。

「但這招最危險之處，就是你已經離我太近，這已經是殺與被殺在呼吸間的距離。」

喵。

「能夠親手擊殺十二陰獸中的夜影！真是我的榮幸啊！」

說完，無道右手的魔之土星環開始催動，一圈鋒利的刀輪，朝著黑圈中的小虎轉了下去。

魔之土星環的正圓，不偏不倚地打中了黑圈，黑圈內小虎發出一聲怒吼，黑圈轟然敗散，魔之土星環餘力未盡，繼續往下轟中地板，地板爆出迴旋的裂紋，往外延伸到整個房間。

「吼。」無道嘶吼，右手繼續往下按，百分之百的魔之土星環，繼續絞動，誓言要將小虎絞成貓之肉汁。

但，就在無道餘力已盡之時，他的表情卻變了。
變得有些困惑，變得有些古怪，變得他必須把右手慢慢舉起，並看著自己的掌心。
沒有貓的屍體？
沒有貓的殘軀？
甚至，連一根貓的毛都沒有？
為什麼？
然後無道像是想起什麼似的，抬起了頭，下一秒，他帶著吃驚的笑了。
「十二個？」無道的神情帶著驚疑，也帶著對敵人的敬意。「原來你，竟然同時創造了十二個黑圈？你是他媽的什麼怪物啊！」
你是他媽的什麼怪物啊！

十二個！此刻的辦公室內，竟然出現了十二個或大或小的黑圈，環繞在無道的周圍。
也是這些黑圈，提供了小虎自由進出的路徑，更讓無道的魔之土星環，難以傷到小虎。

「你到底是一隻什麼樣的陰獸呢？」無道笑容中帶著驚怒，「能夠自由創造陰陽通道就算了，竟然能夠連創十二個！」

如此眾多的黑圈，代表無道將無法掌握小虎的攻擊路徑，任何一個黑圈，都可能會是小虎的突襲點。

接下來，牠會從哪個黑圈中出現呢？

喵。

小虎的一雙眼睛露了出來，位置，正是無道的後腦上方。

一隻貓爪陡然伸出，朝著無道的後腦勺掃了下去。

無道嘶吼，驚險縮頭，耳朵被抓掉，鮮血中，他回身揮拳，但小虎卻已經退回黑圈內。

喵。

這次爪子從無道腳部的黑圈揮出，嚓嚓兩聲，無道感到膝蓋劇痛，低頭看去，膝蓋滿是淒厲爪痕，無道猛力揮拳，魔之土星環爆發，卻依然撲了個空。

喵。

這次攻擊來自無道的右方，貓吼聲破了無道的右邊耳膜，讓無道完全失去平衡，然後又退回了黑圈之內。

喵。

這次的貓爪，又來到無道的背部，無道背部多了慘烈傷口，單膝跪地，此刻的他，已經全身浴血，幾乎無力反擊了。

破不了。

無道咬著牙，十二個黑圈的陣勢太過駭人，確實已經把他逼到了絕境，但他想不出辦法，他快要輸了。

曾經縱橫陰界，代表警察逞兇陰界的他，這一次，真的敗了。

他慢慢坐倒，垂著首，看著眼前十二個黑圈，交替閃爍著兇惡的光芒。

真的敗了嗎？

直到，他忽然聞到了一個氣味。

熱燙的，香酥的，油炸卻有帶著些許筍子清香的……炸肉圓香味，竟然有如一抹遊魂，遊入了他的鼻腔之中。

這氣味，讓無道頓時想起一個人，他猛地朝香氣的來源看去，那是一個小女孩，頭上綁著毛巾，臉上滴著汗，神情認真地在炸著肉圓。

那個大油鍋，黃金色的油內，幾顆水晶般的肉圓有如跳舞般翻滾著。

「炸好嘍。」那女孩滿是大汗的臉，露出對自己作品極度滿意的溫柔笑容。「這次保證好吃，背後有一隻牛的叔叔。」

「背後有一隻牛的叔叔？」無道眼睛看著那肉圓，肚子無法控制的咕嚕咕嚕地叫著，咧嘴笑了。「是要說幾次……」

說完，他也不管自己身上多少傷，血流了多少，只是微微下蹲，然後猛力躍起，直接落到女孩面前。

然後手一抓碗，也不管肉圓剛剛炸好是有多燙，仰頭就把肉圓吞到嘴裡。

他的嘴冒出滾滾熱煙，仍繼續大口咬著，嚼著，然後咕嚕一聲，整顆肉圓就這樣順著喉嚨，吞入肚中。

「是要說幾次……」無道閉著眼，享受著肉圓從味蕾，從舌尖，從咽喉，到最腹部所爆裂出來的美味。「那是公牛，而我的名字，叫做無道！」

「是，無道叔叔。」小女孩笑了。

「然後，」無道轉身，帥氣甩動破碎的公牛外套。「再幫我炸一顆。」

「喔？」

「因為等我贏了之後，要吃。」無道拍了拍肚皮，大步踏回戰場，也就是十二黑圈籠罩之處。

等我贏了之後，要吃？

小女孩聽到這句話，忍不住微笑了。

這有什麼問題，因為她知道，無道回來了，那個無所不能，戰無不克的超狂無道叔叔，吃了肉圓，終於回來了！

門外。

小靜像是感覺到什麼，低下身子，輕摸著地板。

「震動……」

「喵。」「喵喵。」「喵。」群貓繞在小靜的周圍，似乎感受到同樣的不安。

「整棟大樓都在震動？」小靜聲音微微發顫著，「裡面，到底發生了什麼事？小虎，牠還好嗎？」

門內，特警辦公室。

剛剛才大吃了一顆滾燙肉圓的無道，站在十二個不斷消失，出現，更換位置的黑圈之中。

「貓街之主，你剛剛沒有趁著我吃肉圓偷襲我，也沒有攻擊炸肉圓的小女孩，我欠你一份情。」無道凝視著眼前的戰局，他身體的道行，正在不斷地凝聚與升高。「為此，我將打出超過十成功力，甚至是我這數十年來道行的全部釋放，來對你表達敬意。」

「貓街之主，請，接下這一招吧！」無道大笑起來，而笑聲中，他的身邊，一個巨大的土星環，正在隱隱成形……

土星環這個技，說穿了是一種「引力」，有如太陽系的各大行星，之所以能吸引衛星，吸引岩石與碎冰，就是因為萬有引力。

透過引力牽引，將物體吸到身邊，並透過公轉與自轉間的平衡，使得物體開始繞著星球旋轉。

轉得越快，能量就越強，能量越強，一旦撞擊到另一個星體，毀滅力自然就越強。

如今，無道閉上眼，全身能量不斷上升，那是來自肉圓，來自情緒，來自情感，來自他進入陰界上百年以來，所累積的巨大能量。

接著，一道龐大的影子，正緩緩地從他身邊升起，然後依循著引力，開始沉重卻威力十足的繞行……

「這絕對是我畢生最強一擊了！」無道聲音低沉而可怕，「引力逆行，宇宙規則破亂，世界重組！我這招為……逆．魔之土星環！」

門外，小靜也感覺到了龐大的影子，抬起了頭。

然後她的嘴巴控制不住的微微張開了。

因為她親眼目睹警察局旁邊的建築物，竟然被整棟拉斷，斷處的鋼筋裸露，砂石流瀉，然後更扯的還在後面！

這建築物，繞著警察局開始繞行。

「這是什麼？」小靜尖叫，「為什麼建築物會繞著我們開始轉？」

「喵喵喵」「喵喵喵」「喵喵」「喵」「喵喵喵」，貓群更是騷亂起來，牠們既然是擁有高智慧的陰獸，自然明白了一件事。

這建築物之所以會繞行，是一種技……

而且，這個可怕危險充滿威魄力的技，不是小虎的。

是敵人的。

是敵人最強的技，已然登場。

天魁星，無道，陰界經歷一百六十二年，曾經參與過上千場大大小小的戰役。

在他一百一十二歲時加入了政府，並用他的拳頭與力量，爬升到了特警首領的位置。

特警首領，在警察系統中僅次於十四主星貪狼之下，幾乎等同擁有絕對的權力。

在陰界人人畏懼的陰獸「貓」群，竟對警察總部發動猛烈的攻擊，其中一隻首領「貓街之主」，更一路直衝到警察最高位階的特警之上。

而無道，終將成為最強的一道障壁，誓言將所有的入侵者，全部斬殺。

如今，一人一貓激戰已經到了最後的尾聲。

從一開始測試雙方實力般的拳頭與貓爪的攻擊，到後來無道使出了「魔之土星環」加上「衛星捕捉」，魔之土星環能操縱引力讓物體旋轉加速，而衛星捕捉則可以保護無道不受敵人近身攻擊。

兩招連打，逼得小虎撞上牆壁受傷，終於，小虎也亮出了自己的絕招「黑圈」。

黑圈，乃是跨越陰陽的能力，一般道行數百年的貓只能藉由特殊物品跨越陰陽，但尊貴為十二陰獸的小虎，卻能直接創造一個如同通道的黑圈，而且不止一個……牠甚至可以創造出十二個！

十二個黑圈組成陣法，讓小虎自在穿梭其中，逼得無道重傷欲死。

不過就在這時候，無道的最強援軍「炸肉圓」登場，無道吃飽後，賭上數百年的道行，逆轉魔之土星環，完成他生平最強的一招「逆．魔之土星環」。

附近的大廈被連根拉起，所有生靈都被捲入其中，這無道的「逆．魔之土星環」肯定是他畢生最強傑作了，而這傑作，是他自己都從未體驗過的瘋狂之力。

逆．魔之土星環。

在「逆・魔之土星環」的催逼之下，繞著無道而行的物體，不再只是一口唾液、一張紙、幾支鉛筆，或是幾塊岩石，而是附近所有的建築物，甚至擴及所有的無生物。

只要你有重量，只要你受到萬有引力的牽引，只要屬於這世界可分類的物質，都將無法抗拒地圍繞著無道而行。

這龐大、恐怖、驚人的繞行引力，將警察局旁邊的建築物全部拉斷、拉起，帶著砂石，不斷捲動。

如此的引力場之下，剛才佔盡優勢的十二黑圈呢？

正被猛力拉扯著。

強大且密度極高的引力，破壞了空間的平衡，竟然連黑圈都像是橡皮筋般被往兩邊拉扯，時間一久，甚至直接被扯成兩半，破碎在土星環之中。

「貓街之主啊。」無道的狂笑聲，從繞行的核心中傳來。「我也許解不開你十二黑圈的陣法，但我打算直接扯爛它們，你覺得怎麼樣呢？」

十二個黑圈，轉眼間已經破碎了四個，剩下八個搖搖晃晃，似乎隨時都會被這巨大的引力扯爛。

啪的一聲，又一個黑圈撞上建築物，然後被扯爛，被引力圈徹底吞噬。

小虎的身影隱匿在黑圈之內，一片寂靜，似乎知道只要一露面，在巨大的土星環引力場下，牠的身軀會步入如同黑圈的命運。

拉扯，扭曲，然後破碎。

「若十二個黑圈都破碎，你就會被中斷在陰陽兩界之外，你的夥伴就會任我特警隊宰割。」無道雙臂張開，全身道行化成千絲萬縷的引力，在方圓數十公尺內張狂著。「你一定懂吧，貓街之主。」

啪的一聲，一塊尖銳的岩石剛好插入黑圈之內，黑圈形狀扭動了兩下，被劈成兩半，隨即被土星環的力場拉成四塊、八塊，最後變為十六塊……徹底消失在空間中。

黑圈，剩下六個。

「怎麼樣？想清楚了嗎？」無道不斷刺激著小虎，因為無道知道自己可以破壞黑圈，但卻無法直接進入黑圈將小虎抓出來，唯一的辦法，就是逼小虎自己出來。

只有貓街之主自行現身，他的「逆．魔之土星環」才能分出勝負！

轉眼間，又兩個黑圈被扯動得相撞，在巨大引力場之下，兩團黑圈糾纏了幾秒，最後一起破碎，被土星環的力量完全吞噬。

黑圈，只剩四個了。

「四個嘍。」無道繼續說著，「想想，門外的那些貓，一旦沒有你守護，會有什麼下場呢？」

說完，無道腳一伸，剛好踩中一個被扯來的黑圈，他腳底來回摩擦，那個黑圈像是垂死的老魚，就這樣扭動了幾下，在無道腳下化成虛無。

「三個。」

轉眼間，無道雙手伸出，左右手各抓住一個黑圈。

「再兩個。」無道咬著牙，「這樣，你的出口就只剩一個嘍。」

說完，無道雙拳一握，啪噠兩聲，他手心的黑圈同時被揑碎，爆出跨越陰陽兩界，深沉的響聲。

十二黑圈去了十一，眼前，終於只剩下最後一個了。

最後一個黑圈，就在無道的正前方，微微閃爍著。

這裡，是小虎最後一個出口。

唯一，且僅存的出口。

小虎要不要出來的決定，同時也表示著貓群最後生死的決定。

無道並沒有立即摧毀這個黑圈，他只是看著眼前這個微微閃爍的黑體，他在等待。

等待小虎的決定。

一個往前走必死，往後退呢？也絕對是沒命的……決定！

門外。

「小虎，你一定沒問題的吧。」小靜的雙手握得好緊。

「喵。」貓群安靜下來，只有輕微的呼吸聲。

「你一定沒問題的！」小靜突然放聲大叫，試圖將她的聲音，穿透木門後混亂的戰局聲，傳遞到門後……

然後，所有的貓也一同喵叫起來，一聲疊著一聲，有如教堂歌頌聖音，神聖而誠心的，傳入了門後，那個戰場。

那個將決定小虎生死勝負的，特警辦公室戰場。

黑圈。

最後一個黑圈。

正隱隱閃爍著。

然後一雙眼睛，碧綠色的橢圓貓眼，從黑圈的最深處，緩緩透出來。

「你，必然得出來啊！」無道雙手十指合一，手臂朝前伸直，一個高速到幾乎透明的土星環，就在他手腕處形成。

「逆・魔之土星環」

土星環速度快到已經讓視覺完全無法捕捉，聲音無法傳遞，一切事物都在這環中消失了蹤跡，這一個環，變得靜謐且致命。

小虎一出來，若是挨上這一記土星環，絕對是支離破碎屍骨無存。

但小虎會出來嗎？

牠會背棄門外的小靜、白鬍貓、黑鬍貓以及貓群，躲在黑圈中，避開這次的魔之土星環嗎？

不，牠不會，所以，牠出來了。

只不過，出來之前，卻聽到位在戰鬥現場，專司炸肉圓的小女孩，手上的勺子鏘的一聲掉落，發出失控的尖叫。

「這隻貓，這隻貓，怎麼會變……」

小虎碧綠色的眼睛，最先靠近黑圈。

越是靠近，卻是古怪。

因為一個直徑約莫三十公分的黑圈，也就是比飛盤大上些許的圓圈，竟然連一個眼睛大小都裝不下！

只有眼睛內，那橢圓形的碧綠瞳孔，竟然大到足以填滿整個黑圈的空間。

於是，黑圈開始擴大。

擴大到幾乎是腳踏車輪胎大小時，才終於完全裝下一枚眼睛。

然後，黑圈繼續擴大。

等到擴大到直徑超過三公尺，也就是一整扇落地窗大小時，才終於看到小虎的第二顆眼睛。

黑圈仍被繼續拉扯放大。

當黑圈的直徑已經突破十公尺，也就是足足有三層樓高時，才終於勉強看到小虎頭顱的邊緣輪廓。

黑圈仍在放大，像是被某種暴力的力量往外拉扯。

當黑圈直徑到達三十公尺，也就是七、八層樓高時，無道終於見到了，小虎一直慣用的武器。

貓爪。

就是貓爪拉扯著黑圈，不斷地往外扯，讓黑圈越來越大，同時讓小虎龐大的身軀，能夠探出來。

一隻貓爪，就幾乎是一輛汽車大小。

等到黑圈終於到達直徑一百公尺，也就是一座奧運游泳池規格大小時，小虎的雙爪都已經得以伸出。

而面對這樣龐然大物的無道呢？他只是仰著頭，嘴角露出分不清是興奮還是恐懼的笑。

「好樣的，好樣的，好樣的你啊……」無道的牙齒在顫抖，但他依然狂妄且霸氣。「給我全部下去！逆．魔之土星環！」

無道周圍所有的土星環引力同時消失，全部集中到了他的雙拳，然後化成密度與威力都爆表的「逆・魔之土星環」，直直轟向了小虎。

這土星環力量與威力都超凡絕倫，驚世駭俗，撕天裂地，絕對是無道畢生傑作。

「喵喵。」

但，小虎的巨大貓爪卻只是輕輕合起，就像是貓咪玩線球，把這個「逆・魔之土星環」硬是包住，然後啵的一聲……拍散。

「被拍……拍散了？」無道的臉，無比驚駭。

「喵喵。」小虎那可愛又巨大的貓臉，似乎在笑，接著牠的肥肥的貓掌往前伸，剛好在無道身體的兩側。

「啊啊啊啊啊啊啊！」無道慘叫，雙手全力放出魔之土星環，不斷轉動他的引力，但他仍無法阻止……

貓掌又是啵的一聲，合起。

將無道的身體，合在雙掌之內，而無道的怒吼，也戛然而止。

扁了。

在這對貓掌夾擊下，無道肯定，扁了。

等到小虎雙爪打開，只剩下一個全身是血，重傷潰敗的垂死者。

無道，危險等級六逼近七，甲級天魁星，政府警察系統特警之首，曾締造少數但精采傳說的男人。

此刻，重傷，全身骨頭寸斷，躺在巨大無比的這對貓掌內，完完全全敗北。

無道潰敗。

小虎的身形開始急遽縮小，從本來一棟摩天大樓的尺寸，縮回十層樓大小，再縮回三層樓高度，最後回到牠本來嬌小的樣子。

牠跨出了黑圈，輕輕跳過躺在地上的無道，牠知道無道未死，但牠沒有繼續痛下最後一擊。

也許是對敗者已無興趣，又或者落井下石不是牠的風格，牠只是安靜回到地面，晃了晃牠的身軀。

可以看見牠的雙腳踩踏起來，不如以往的沉靜無聲，顯得虛浮而疲倦。

巨大化後過度消耗道行，讓牠已然精疲力竭，這場硬仗，確實也讓小虎付出了慘痛的代價。

當戰局結束，門被推開，小虎見到了牠想保護的人，小靜。

小靜衝了過來，一把抱住小虎，幾滴輕柔的眼淚，落在小虎柔軟的皮毛上。

若是過往，孤傲的小虎絕對會扭動兩下身軀，試圖掙脫小靜太過熱情的擁抱，只是此時的小虎，卻動也不動。

剛才與無道之戰，對牠而言，確實是罕見的生死一役，經歷了這樣的戰役之後，被這樣抱著，似乎也是挺舒服的……

短短的十秒後，小虎才脫離小靜的懷抱，跳了下來。

「喵。」小虎回頭看了小靜一眼，然後往前走去。

「你想要帶我去找蓉蓉，對不對？」小靜立刻懂了小虎的意思。

「喵。」小虎自顧自的往前走，只有長長的尾巴擺動著，但小靜懂，她連忙邁開步伐往前走去。

而群貓們，也圍著小靜，慢慢往前走著。

此刻，小靜才終於看到剛才小虎與無道的戰場殘骸，三面牆壁已經倒塌，所有的辦公桌都變成一團爛鐵，連警察大樓外面的建築物都難以倖免，倒的倒，塌的塌，彷彿七級地震剛剛掃過，把這個區域震得一塌糊塗。

而這些城市破碎的痕跡，都在在顯示著剛剛的兩強對戰有多麼可怕。

兩強之中，最終是貓街之主，小虎，取得了最後勝利。

小靜也看到了那個炸肉圓的小女孩，小女孩正用她剛炸好的肉圓，餵著躺在地上的無道，雖說無道深受如此重傷好像不適合吃這麼油膩的食物……但這畢竟是陽世的規則。

也許，在這個夢的陰間，吃個美味的肉圓，反而會幫助傷口趕快痊癒也不一定？

小虎繼續往前走著，穿過了特警辦公室，穿過了一條一條的走廊，一路上不是沒有遇到警察，但每個警察都沉默地退到牆邊，似乎都明白了這場戰鬥的勝負……

當走廊走到了盡頭，一個轉彎，就看見了那三個字：「拘留室」。

小靜的內心噗通噗通地跳著，難道，蓉蓉的靈魂就是被拘禁在這裡嗎？

往拘留室內部走去，會看到一條長達數百公尺的長廊，長廊的兩側是一間又一間的牢籠，每個牢籠中，都關著一到三名不等的犯人。

每個犯人，看起來要不是傷痕累累，就是殺氣騰騰，而且越往長廊深處走去，犯人的模樣越是深沉，越是強大，而牢籠的面積也越來越大，內部裝設也越來越齊全，甚至是越來越……豪華。

小靜帶著畏懼的眼神，小心翼翼地看著牢籠裡的犯人，這些犯人有的高壯如巨塔，有的身高纖瘦眼神卻異常銳利，雖說是犯人，但小靜卻感受不到那種十惡不赦的邪惡，反而像是受了冤屈的正義之士，被邪惡政府囚禁於此的感覺……

「這些人到底是誰？為什麼警察局關的人，看起來沒有那麼壞？」小靜訝異地看著，「這裡只是拘留室？所以應該還有更大的監獄，囚禁著其他的犯人嗎？」

小靜邊走邊想，不知不覺，已經走到了長廊的盡頭，眼前只剩下兩間牢籠了。

換句話說，她只剩下兩次機會，祈禱蓉蓉真的被關在這裡……

當小靜走到了倒數第二間牢籠，然後她鼓起勇氣，將眼睛睜開，瞧向了牢籠深處，然後，她看見了……

她看見了，一個人。

這個人，與這整個夢境中晦暗神秘的氛圍，相當不合。

因為這是一個二十幾歲的年輕女子，短髮，衣著乾淨舒適，縮在這拘禁室的一角。怎麼看，都像是一個在陽世生活，亮麗而可愛的女孩，這樣的氣氛，就如同站在牢籠外側的另一個女孩，小靜。

不用真的看到臉孔，光看到這股氛圍，小靜就知道她可以大聲喊出那個名字！

「蓉蓉！」

聽到這個名字，牢籠內的那個短髮女孩，立刻抬起頭來，然後在下一瞬間，展露如陽光般甜美的笑容。

笑容之中，更有著喜悅無比的淚水。

「小靜！」蓉蓉邊笑邊哭，回頭大喊著小靜的名字。「怎麼辦，這裡好奇怪，好可怕，他們說我很會唱歌……他們說要把我當乳牛，奴役我到永遠……」

兩個人，四隻手，透過鐵籠緊緊握在一起，感受到彼此熟悉的溫暖之後，心情頓時寧靜了下來。

「所以，我來救妳了。」小靜微笑。

「可是，這籠子，你們有鑰匙嗎？」

「不用鑰匙喔。」小靜說，「因為我們有小虎。」

「咦？」

「蓉蓉，退後一點點。」小靜甜甜一笑，「我想這是夢，所以一切都是有可能發生的。」

蓉蓉不解，但仍聽話地退後了兩公尺，就看見小虎輕輕甩動了牠的尾巴。

只是甩動一下貓尾巴而已。

眼前的牢籠，那幾乎是手臂粗細的鐵條，就筆直地斷成了兩截。

鏘鏘鏘鏘，當鐵條落了地，整個牢籠頓時破了，而牢籠內的蓉蓉便輕而易舉地走了出來。

她走出牢籠的第一件事，就是用力抱住小靜。

「小靜……帶我回家。」

「嗯，」小靜也用力回抱著蓉蓉，「好，我帶妳回家。」

兩人緊緊地抱著，從一路歌唱比賽到此刻，互相疼惜，互相扶持，互相拯救，她們相信彼此，只要有一方陷入危險，另一方絕對不會吝惜伸出援手。

這就是小靜與蓉蓉，這就是曾共同唱過〈夜雪〉的她們，內心深信無比的承諾。

不過，小靜沒有注意到的是，這排拘留室中蓉蓉被囚禁的位置，是倒數第二間，若按照拘留室牢房排列的規則，越往深處的牢籠就會越大，所囚禁的犯人也就越棘手，那最後一個牢籠，是囚禁著誰？

又會是誰呢？

就在群貓帶領著小靜與蓉蓉離開之際……忽然，一個聲音從旁邊傳來。

「嘿。」

聽到這聲音，小靜和蓉蓉吃了一驚，同時往聲音方向看去，竟是長廊盡頭的最後一間牢籠。

「有人？」小靜小聲地問，同時間，她更觀察到群貓的模樣，貓群除了小虎，全部都刻意避開了那最後一間牢籠。

就算是小虎，牠雖看起來無所畏懼，卻也沒跨過牢籠的分界線。

這間牢籠裡面，關的到底是誰？小靜有些好奇，但隨即又想，今天這個夢境最重要的是救出蓉蓉，如果已經完成了任務，應該要趕快離開了。

很快地，聲音又再次傳來。

「嗯，是女生啊。」這聲音聽起來低沉富有磁性，還帶有一股神秘魅力，似乎是一名女性。「哈哈，你轉生之後，竟然陰陽顛倒，變成女孩子，真是太有趣了。」

「什麼？」小靜和蓉蓉互望一眼，「什麼轉生？什麼變成女孩？」

「原來你的記憶還沒回來？可惜。」那聲音轉低，「所以還得去找孟婆一趟，嗯，孟婆道行挺高，這關是有些麻煩。」

「蓉蓉，我們快走。」小靜越聽越是不安，這聲音對她而言，既熟悉又陌生，令她感到內心莫名的煩躁。「我們別在這夢境逗留了。」

「夢境？」那聲音笑了兩聲，「原來妳把這當夢境？嘻嘻，老大，你真的忘光了啊，不過你忘光也沒關係，因為……光是妳的出現，就是『召集令』本身了。」

「什麼召集令？不要亂講！」小靜感到越來越煩躁，她拉著蓉蓉，不斷朝長廊另外一側走去，腳步越來越大，甚至幾乎開始跑了起來。

但，那低沉迷人的中性聲音，卻依然從拘留室的另一端，緩緩地傳了出來。

「一張，讓我們十隻猴子，都會聚在一起的『召集令』啊。」

然後，小靜突然看見了，長廊的盡頭，多了一個人。

這個人，西裝筆挺，頭髮梳得油亮油亮，笑容誠懇，只是古怪的是，他的手邊還牽著一隻肉色的大狗。

不，仔細看去，這根本不是一隻大狗，而是一個衣衫不整，脖子上套著狗鍊的人。

這人面目兇惡，雙眼無神，嘴角流涎，嘴裡嘮嘮叨叨地說著：「我沒有罪，律師說我殺人沒有罪，有罪的是這個社會，是環境，是我的原生家庭……」

小靜看到這人，感到渾身顫慄，同一時間，她聽到小虎傳來喵的一聲，貓群的速度，突然加快了。

貓群帶著小靜與蓉蓉，朝眼前突然出現的男人衝去。

而這男人卻發出古怪的笑聲，「咯咯咯咯，各位今晚要離開這裡，可不容易呢，容我自我介紹，我是第四隻猴子……」

貓群越來越近，這男人眼神越來越陰冷，對貓群絲毫不懼，反而像是見到獵物的貪婪獵人。「我的名字，正是人權律師是也。」

第四隻猴子？人權律師？小靜感到腦袋嗡嗡作響，為什麼今晚要離開這裡，這麼難？小虎與無道的激戰已經身受重傷，貓群更因為一路闖過駐警、巡警、刑警，到特警，同樣的耗盡力氣，甚至是生死垂危……在這樣的劣勢下，又遇到這些自稱猴子的人？

今晚，他們真的能順利回家嗎？

真的可以嗎？

第七章·僧幫九介

當琴甦醒時，率先感受到的，是被往前推進時的震動感。

她似乎正躺在一張硬床上，被往某個方向推進著，而她眼前一片漆黑，頭上應該還戴著紒糸僧的針織頭套。

一邊猜測著自己未來究竟會如何？一邊琴試著催動了道行幾次，但所有的道行都被身上六處針織套給牢牢困鎖著，六套互相牽連，彼此呼應，讓琴連一絲絲電能都釋放不出來。電能放不出來，自然無法解開這六個套子。

琴回想起剛剛的掙脫之戰，砎石僧的重量級石頭攻擊，輔以紒糸僧的慈母針線，確實是一剛一柔的經典組合，但琴這幾年來從什麼都不懂的小卒，到經歷颱風的血戰，與守護土地者的並肩作戰，一直到道幫的淬鍊，她已經能與這剛柔並濟的組合相抗衡了⋯⋯

但這一切，都因為最後一個老人的出手，而被逆轉顛覆。

玠王僧。

當他的手按住琴的腦門，琴發現自己全身道行內縮，猶如踏在空洞的懸崖之上，轉眼就要墜入深淵之中⋯⋯確實是高手。

僧幫之中的高手，到底還有幾個？在這樣的高手群中，莫言與橫財真的能順利把牛肉店老闆娘的「禁咒」偷出來嗎？

「一百八十三年的刑期耶。」琴嘴巴暗暗唸著，「我的天，我活著的時候，都可以念完四十幾次大學，六十次高中，連國小，都可以念到三十次了……這刑期罰下去，真的會變成老婆婆的。」

「如果真的偷到東西逃出去，我最想做什麼呢？」琴躺在床上，雙眼蒙著黑布，嘴裡輕聲地自言自語著。「應該是自由自在地吃東西吧，老闆娘的牛肉麵不錯，我自己煮的湯也不錯，嗯，這時候怎麼有點想念起小耗的麵，還有冷山饌老師傅的那些奇怪菜餚呢？」

「不知道自颱風一役之後，小耗和冷山饌師父，現在過得怎麼樣？究竟在哪裡？」琴輕輕地說著，「我記得小風曾經說過，人與人之間就像星星，會彼此吸引而聚在一起，我們會再相聚嗎？」

「對啊，想起小風，不知道她現在過得怎麼樣？啊，還有小靜，她的歌唱比賽……對了，還有『那個人』。」想起那個人，琴內心莫名的微微感到一陣微酸，又有些惆悵，但在這些深藍色的情緒中，卻帶著一點亮黃色的……期待。

期待再次見到那個人，再次感受一次，當與這人目光相對時，那內心無法控制的悸動。

「也許，真的會也不一定……」琴既然看不到，於是乾脆閉上眼，任憑推車搖搖晃晃，帶著她不斷往前行。「畢竟，我還是真的又和莫言碰到了……這臭傢伙，見到我之後只會罵我笨蛋，哼。」

琴想起莫言，剛剛那複雜的情緒瞬間在胸口消散，取而代之的，是單純而明亮的心情，嘴巴更是碎碎唸起來。

「這傢伙才是笨蛋！哼！說好先派我過來找到僧幫總部的！現在呢？老娘都自己跟三介僧打過了，雖然不小心打輸了，但這臭小子呢？每次都罵我笨蛋，結果自己還沒出現，莫言才是真正的笨蛋！笨蛋！大笨蛋！」

「真奇怪，罵一罵心情就稍微好了，」她嘴角揚起，「不過他大概聽不到我這樣罵他，想起他聽不到，又覺得開心一點了，嘿，笨蛋莫言。」

然後，就在這一刻，琴突然感覺到推車微微停了。

接著，一個她熟悉無比的低沉聲音，從她耳畔傳來。

「老子智商和道行一樣高，堪稱一百八嘿。」那聲音如此說著，「敢說我是笨蛋的人，就只有妳這麼一個，是吧，笨蛋琴？」

「笨蛋……琴？」琴感覺到眼前的黑布突然被揭開，看見了那個她熟悉無比的邪笑。

「莫言？你什麼時候……」

「該聽的都聽得到的時候。」莫言嘿嘿笑了兩聲。

「但是，那些難纏的僧人……」

「我們只遇到一個，一個用石頭的僧人，確實有點實力。」莫言搖頭，「但他怎麼會是神偷鬼盜的對手？」

「也對。」琴想了一下，「那他現在？」

「他被我關在收納袋中，收納袋則被吊在儲藏室的門後，幸運一點兩三天，運氣差點就十來天，就會有人發現他嘿。」

「好。」琴想起身，發現全身仍在束縛之中，又躺了回去。

「老子替妳解開束縛嚕。」卻見橫財伸出的手，按在琴的腹部，只見橫財掌心散發濃濁黑光。「門，出來吧。」

卻見那原本一圈圈束縛的線上，竟然出現了門的方形痕跡，這門外型與過去橫財的門稍有不同，是兩扇對開之門。

「然後，給老子開門！」橫財低喝，「開了之後，就別關嚕！」

這聲就別關了之後，門果然左右張開，同時將絲線往左右撐開，垮的一聲，千絲萬縷的紒糸僧絲線應聲斷裂。

接著，橫財一手一扇門，頓時把琴的雙手雙腳，腹部與臉部的紒糸僧絲線全解了。

當所有的絲線都被解開，反而是琴露出了驚訝的神情。「橫財，我一直以為你的技只能隔空取物？沒想到還可以直接破壞東西啊？好厲害。」

「老子的門，可比妳想像中深奧得多嚕。」橫財哼的一聲，「單門、雙門、木閂門、古城門……妳沒見識過的，還多著呢。」

「嗯。」琴忍不住點頭，因為這些日子以來，她確實見過『技』的奧妙，光是自己學會的電，就能凝聚電能化成一根又一根的電箭，若將電量調低並施以更精密的控制，甚至能刺激自己身體使其展現傲人的體術。

技，這源自人的想像力的技藝，再輔佐以深厚如汪洋的道行，確實能展現驚人且五花八門的樣態。

雹可以，橫財的門必然也可以，甚至是莫言的收納袋、木狼的狼鍘、小才小傑的玻璃雙斧與黑刀，都一定存在著這樣不同的變化性。

「九僧中的矿石僧被我們抓住了，僧幫裡面還有八僧，加上和我們同為甲級星的化錄星與錄存星，更別提僧幫之首地藏，數百年來陰界第一人。」莫言說，「要偷禁咒，我們動作得快點。」

「怎麼快？那禁咒在哪？」

「怎麼快？嘿嘿，笨蛋姑娘啊，妳以為我們沒事這麼無聊要推著妳走去哪？」莫言手指前方，「因為，禁咒之屋就在這裡啊。」

「禁咒之屋？」琴一聽，急忙跳起，朝著莫言手指方向看去，眼前燈光晦暗，磚瓦陳舊，充滿神秘氣息。

有如古老當鋪中，專門收藏各方珠寶的小房。

奇怪的是，小房沒有門，只有一道灰撲撲的磚牆。

「據傳這道牆共有九層。」莫言摸著這牆壁，「在我們偷盜界中頗有名氣，不少想要一偷稀有禁咒來大發利市的偷兒們，都栽在這幾道牆之上。」

「既然這麼難開……那我們有對策嗎？」琴問。

「對策當然有，這些偷兒雖然每個都身懷絕技，有的能縮小身形如蟻，有的能用絲線飛簷走壁如同蜘蛛，有的暴衝起來全身泛綠能衝撞各式建築，也有的把鋼鐵當成衣服整天穿著都不嫌熱，但這些人再厲害卻比不上一個人，他的技就是牆壁的剋星。」

「專門對付牆的？」

「沒錯，他就是……」莫言的目光移向了身旁的夥伴，這個高狀如塔的男子。「鬼盜，橫財！」

「什麼專門對付牆？別把我說得像老鼠一樣。」橫財嚕的一聲，同時間，他粗肥的大手，按住了牆面。

五指之間，一股濃厚的道行氣息，從指尖往外瀰漫開來。

「破門而入吧！」橫財咧嘴露出獰笑，「強盜！」

橫財，隸屬甲級陀螺星，危險等級六，他以「鬼盜」之名與「神偷」莫言齊名，兩人縱橫於陰界，不加入幫派，也不歸屬於政府。

如今，他來到了僧幫之中，站在這百年來讓強盜小偷束手無策的九層牆之前，右手按住了牆面。

道行，爆發。

「破門而入吧！」橫財低吼一聲，「強盜！」

這句話才剛剛說完，牆面一陣奇異扭動，果然出現了一片方形痕跡，更在方形痕跡的中央偏左處，出現了一個門把。

「開門。」橫財右手握住門把，往後一拉。

方形隙縫的灰塵簌簌落下，門登時被打開了。

「就說沒問題。」橫財開了門，身體跨了過去，緊接著是莫言和琴。

不過他們才跨過去，琴就忍不住發出啊的一聲。

因為，第一堵牆的後面，約莫二十公尺處，竟又是一堵實實在在的牆。

「牆有九道，所以這是第二道嗎？」橫財冷哼一聲，朝著這面牆走去，同時間，琴也發現了這第二道牆，似乎和第一道牆稍有不同。

第一道牆其實很普通，以厚厚的磚瓦堆成，像是中國古老富貴人家用來收藏珠寶，所建蓋而成的厚牆。

但第二道牆卻不盡相同，不同之處，在於它的牆面。

此面牆呈現銀灰色金屬色澤，又滑又硬，有如一面純鋼打造之牆。

「好樣的，傳言中僧幫牆有九道，道道難過？這就是所謂的第二道嗎？」橫財的右手再次伸出，按住第二堵牆面，道行再次從他的五指中湧現而出，然後一聲轟然低響。「老子沒在怕你！破門而入嚕，強盜！」

說完，金屬鋼牆再次出現一道方形痕跡，一個把手，但琴發現，不知道是不是她自己的錯覺，她覺得這方形痕跡似乎比剛才的更淺更淡。

而當橫財握住了門把，就要把門拉開時，他赫然發現……

「門沒開。」橫財拉了兩次，此門只是微微晃動，卻沒有如第一道牆般應聲而開。

「這門有點道行。」莫言摸著這牆面，「老夥伴，你得多用點力嘿。」

「哼。」橫財再次按住牆面，「當年老子可以連開八道門，還怕你一堵小小的金屬牆嗎？」

同時間，只見橫財的掌心連催了三次道行，那方形紋路也隨之發出低沉的砰砰砰三聲。

這一次，紋路深了，門的形狀也變清楚了，而橫財握住門把。「給老子，乖乖地開！」只聽到垮的一聲，伴隨著尖銳的金屬摩擦聲，門果然被橫財拉開了。

「過去吧。」橫財一矮身，鑽入了門內，緊接著是琴，最後是莫言。

「第二道，金屬之門嗎？」而琴穿過這牆時，忍不住輕摸了一下牆面。「所以形形色色的門，還會有七道嗎？」

果然，琴才鑽過了門，就見到橫財直直地站在下一堵牆之前，露出帶著怒意的獰笑。

這堵牆，是半透明且美麗無比的冰藍色。

彷彿從層層南極冰山中直接掏挖出千年玄冰，然後千里迢迢搬送至此，只為守護僧幫珍藏秘寶，「禁咒」。

「冰牆嗎？」橫財再次將手按在牆面上，「在老子的門面前，也是像白紙一樣沒用，沒用嚕！」

「破門而入嚕！」橫財眼睛圓睜，「強盜！」

說完，一聲低響過去，琴發現，這次門的痕跡更淺了，她低聲說：「沒開。」

「老子知道！還要妳多嘴！」橫財怒吼一聲，右手再次用力，全身的道行如潮水般湧到右手之上，然後發出一連串的砰砰撞擊聲……

只聽到聲音連響五下，冰牆的門硬是終於出現，橫財再次握住門把。「開。」伴隨著一陣白霧碎冰寒氣，門被拉開了，而橫財一矮身，再次穿過，而琴同樣跟在後面，她忍不住輕撫冰牆，頓時感到指尖傳來寒意。

「這真的是冰……」琴讚嘆，「不愧是僧幫，竟然能以冰當作一面牆。」

「橫財，你行不行啊？」莫言在背後笑著，「才第三面牆，就用上了五層門的道行？需要我小偷出手嗎？」

「放屁嚕。」前面的橫財哼出重重的鼻息，「小偷算什麼，強盜才是王道好嗎？不需要幫忙，你擔心你後面的難關……『難分』吧你！」

「嘿，是嘿。」莫言輕笑了一聲。

但琴卻聽到，莫言在輕笑之後，卻似有似無的自言自語了一句。

「橫財這小子前幾年練到第八層的門，在颱風時突破極限，打到第十層，不過是第三面牆，就用到第五層門了，僧幫的九門，這麼有水準？就怕不好過啊！」

當三人都穿過冰牆，如同預期的眼前又是一堵牆，僧幫的第四道牆，再次聳立在眾人面前。

「這一堵牆是木牆，看它的樣子，是由百大陰獸中的……建木打造而成的嘿。」

「建木嚕？」橫財鼻子重重哼了一口氣，「不過是一隻百大陰獸的碎片，不足為懼啦！」

說完，橫財右手猛力朝木牆拍了過去。

而琴更在這短暫的空檔，觀察起這一堵在僧幫九牆中被安置在第四堵的木牆。

說是木牆，不如說是一株長得像牆壁的大樹，牆面上盤根錯節的都是樹幹與樹根，樹幹與樹根厚厚實實的相疊，疊出了一堵幾乎沒有縫隙的牆，牆中覆蓋著一整片綠色的葉子，與其說是一堵牆，還不如說是一株橫亙在路中央的百年老樹。

而橫財的右手，就是直接插入層層茂密的樹葉中，直接按在樹幹糾結的牆面上。

「破門而入嚕！」橫財低吼，「強盜！」

就在這一剎那，砰砰砰砰連響四下，橫財猛烈的道行有如強烈水柱，灌入了木牆之中，木牆感受巨大的道行衝擊，頓時晃動了一下，樹葉也隨之如雨般落下。

然後，就在橫財右手手掌的周圍，一個正方的門形痕跡，已然出現。

「就說沒什麼好怕的……」橫財得意地開口，但下一秒，他的臉色頓時變了。

因為，眼前木牆上糾結的枝幹竟然像是活的一樣，開始蔓延蠕動，然後在短短的幾秒內，就將原本已經生成的門形痕跡，完全吞噬與覆蓋，什麼都看不到了。

「不見了？」橫財睜大眼，「你娘的，這牆是活的啊？」

「活的牆……」琴在背後輕輕說，「這樣破門而入還有用嗎？」

「什麼有用沒用？放屁！」橫財耳力甚好，聽到琴這無心的低語，忍不住額頭暴露青筋。「老子的『門』，專門剋『牆』，絕對沒有問題的！」

說完，橫財額頭青筋暴露，右手再壓，比剛才更威猛的道行化成一團黑色濃霧，先是在他身體周圍聚集，然後一口氣收攏到他的右手，轟然一聲，打入木牆之中，發出低沉且震撼人心的五下悶響。

這次的道行更加威猛，威力更是暴增一倍，木牆的樹葉如下雨般嘩啦啦落下。門形痕跡，再次出現。

「就說可以……」橫財才喘口氣，卻聽到琴忽然比著木門說：

「啊，又開始癒合了！」

只見樹幹以更快的速度蠕動聚合，不斷地覆蓋在門形痕跡之上。

「再一次，破門而入！」橫財怒吼，「第六道門！」

轟然一聲，尚未癒合的門形痕跡，在橫財強大的道行下，又深了一層。

「又、又癒合了。」琴又叫道。

樹枝樹幹不斷聚湧而來，轉眼間，又要將門形痕跡完全覆蓋住。

「很囂張嘛！」橫財怒極反笑，「老子就不信收不了你！第七層！」

砰砰砰砰砰砰砰！連續七個清楚、低沉，卻又暴力的響聲過去，琴只覺得周圍空氣都因為這七聲連響而震盪，甚至讓琴產生了微微暈眩的感覺。

這七聲悶響過去，卻見那門形痕跡的邊緣，變得焦黑，粗糙且鋸齒，像是被連炸了七次般，而這一次，木門強大的復活力終於疲乏，樹幹雖然仍像門形痕跡蠕動，卻始終無法將其完全覆蓋。

「快走！」橫財握住木牆的門把，這次的門把看起來也是由糾結的樹枝組成。「這他娘的木牆雖然受了重傷，但一分鐘內仍可復原。」

說完，橫財拉門而過，這木牆相當的厚，門後的通道竟有四、五公尺長。

「復原力如此強，不愧是建木的移枝，可惜只是移枝，如果本體在這……」莫言對陰獸向來頗有感情，他輕撫了一下木牆。「嗯，恐怕就不只是復原與防禦，甚至會對入侵者展開猛烈攻擊了吧。」

說完，莫言已然鑽入這厚厚木牆中，不斷地往前走去。

「嗯，如果這木牆能夠反擊……啊？」最後一個是琴，只是當她鑽過木牆時，忽然感到衣服一緊，她回頭，發現木牆樹枝竟然長出細細鉤子，剛好勾住了琴的上衣衣角。

琴急忙回身，想要拆開樹枝鉤子。

但她耳邊卻同時傳來窸窸窣窣的聲音，她抬頭，發現周圍的樹枝都正在蠕動聚攏，正好身處在木牆中心的她，感到一陣不寒而慄。

如果這些樹枝全部聚攏癒合，那她不就正好被包在中心……變成木牆中的一部分，有如恐怖片中，活生生窒息而死的牆內乾屍！

「快出來！」莫言發現了琴的逗留，高聲喊。「木牆快要關上了！」

「我知道！」琴聲音惶急，急忙轉過身子拚命想要拆開勾住她衣角的樹枝……但也許是因為太慌張，也許是因為樹枝正不斷生長，生長方向東彎西拐，以至於越勾越緊，琴怎麼樣都拆不開。

「不能撕，我是女生耶，衣服破了會露出上身啦！這樣這部小說會變成兒童不宜的啦！」琴著急地拆解著背後的鉤子，樹枝卻不斷來回環繞，越纏越緊。

「這部小說寫的都是死人，早就被歸類成暴力恐怖類了！誰還管妳是不是兒童不宜！」莫言一個箭步，竟又衝回了木牆之內，想把琴拉出來。

「都是死人，是因為它叫做陰界黑幫，都叫陰界了，自然滿是死人啊！」琴回喊，手和樹枝、衣服全部糾纏在一起。「但還是要堅持底限啊。」

「放屁！」莫言才衝了兩步，眼前的樹枝與樹葉就已經完全覆蓋下來，徹底阻斷了莫言與琴。

而這一下阻斷，讓莫言的腳步遲了一秒，也就是這一秒，木牆已經將琴完全淹沒，而莫言被迫退回了牆的另外一側。

「這小妮子也太蠢，竟然被木門關住嚕？」橫財失笑，他轉頭看去，卻看見莫言的臉上表情竟然沒有半點笑意。

沒有笑意，是因為他已經把所有的道行，都凝聚到了雙手之上。

精湛、冷冽、狂暴的道行，在他雙手間凝聚出兩團，像是袋子，但卻透著灰色金屬色澤，沉重如鎚的袋子。

袋子時而鼓起，時而消散，彷彿深海的巨獸，正因為憤怒而呼吸著。

「老偷兒，你認真啊？」橫財吃驚。

「是的，我要摧毀這道木牆。」莫言目光專注，嘴角再也沒有一貫的輕鬆邪笑。「不是開門，我要直接打碎它。」

「好樣的。」橫財搖頭，而他的雙手，也出現了如同莫言般的道行的凝聚體，那是一個又一個長方形的框框，框框有大有小，有左有右，有歪有正，互相盤繞迴旋，像是深奧但又令人費解的藝術家作品。「打碎了的後果，你可知道？」

「當然知道嘿。」莫言一笑，「會驚動僧幫！九大僧人，化錄與錄存兩大甲級星，還有百年來陰界第一人地藏，也許都會趕來。」

「你知道，光一個太陽星地藏，我們就絕對不是對手了。」

「那，又，如，何！」莫言說完，雙手的袋子合而為一，猛然揮去，帶著擦破空氣的火花，撞向了眼前這堵把琴吞噬的木牆。「我們可是神偷鬼盜！」

「錯了，是鬼盜神偷！」橫財大笑，他手上交替旋轉的框形道行，把空氣切成一條條筆直的線，也朝著木牆重擊而去。「但，那，又，如，何！」

但就在這一剎那，木牆卻突然從中裂開。

木牆裂開，有如大怪獸張開了嘴，然後掉出了一個人來。

這人長髮披肩，身材窈窕，美麗中帶著一絲任性，她不是琴是誰？

「咦？怎麼會！」莫言見狀，就要收回道行，但雷霆萬鈞的全力一擊，哪有那麼容易收回，只見莫言一個轉身，硬是把手上袋子往後甩，甩了一圈餘力未盡，繼續甩下一圈，甩了足足有十來圈，只見袋子越來越小，越來越薄，最後終於消失在莫言手中。

「麻煩！真麻煩！」而另一頭，橫財也遭遇同樣窘況，他手上全是鋒利的框形門框，他急忙收回雙手，並且雙手掌相按，只見框形門框在兩隻手之間互相流動，初時流動速度極快，但後來越來越慢，當慢到幾乎停止，表示這股道行已經完全被橫財收了回來。

「妳這笨蛋，妳到底怎麼從這木牆中……」莫言拉起了琴，問道。

「我也不知道，我本來要運用電力打破木牆出來，但是木牆不太導電，加上我全身都被捆住，動彈不得，所以無法施力……」琴說到這，遲疑了一下。「可是，奇怪的事情發生了。」

「什麼奇怪的事嘿？」

「我好像聽到了一個聲音。」琴抬起頭，朝著木牆之後，下一堵牆的方向看去。「從這條通道的更深處傳來。」

「嘿？」莫言皺眉，和橫財互望了一眼。

「那聲音我很熟悉，卻又有點陌生，其實我剛踏入僧幫時，也聽到了類似的聲音，不過這次的聲音的型態不太一樣，好像……好像……」

「好像什麼？」

「叮叮，叮叮叮叮……好像是風鈴的聲音。」琴歪著頭，長髮從她單邊肩膀撒落。「像是在孟婆住處，那風鈴搖動唱歌的聲音。」

「孟婆的風鈴？妳是說記憶風鈴嗎？」橫財吸了一口氣，對於十四主星的孟婆，橫財可是十分忌憚的。「難道孟婆此刻也在僧幫？」

「不可能。」莫言搖頭，「孟婆就算身在六王魂之中，這幾年不問世事，不會輕易出來，也許只是湊巧聲音類似風鈴吧？」

「嗯，也許是我聽錯了。」琴苦笑，「但就在我聽到這奇異聲音的同時，木牆的枝幹，卻也像是聽到了這聲音，竟然分開了……」

「喔？木牆分開了？」

「是的。」琴說，「木牆不只分開，還一直將我往前推，推到了木牆邊，我就這樣被推出來了。」

「竟有這種事？」莫言沉吟，「九道牆之後，就是僧幫收藏所有禁咒的地方，那裡難道有什麼古怪？」

「那裡是僧幫最秘之處嚕。」橫財冷笑，「既然能產出供應整個僧幫貨品的禁咒，又藏了周娘的誓言，裡面絕對非常古怪啊，不過按照我們鬼盜神偷的習性，越是古怪，就代表……」

「沒錯。」莫言笑了，「越是古怪，越有寶可以挖。」

「那我們還不往前嚕？」橫財邁開大步，同時雙手的道行再次湧現，朝著第五道牆而去。

而這一次，牆不再盤繞著枝幹，也沒有冰冷如霜，更不是堅硬如鐵……這次的牆，讓橫財啞然失笑。

因為這次的牆，透著滾滾熱氣，明亮而通紅，竟然是一大面的，火。

僧幫九牆，第五堵牆，是為火牆。

「這堵牆……是火？」琴仰著頭，看著這片壯觀的火牆，感受著不斷讓她長髮吹拂的熱風。「第一堵牆是普通的牆，第二堵是金屬鋼牆，第三堵是玄冰之牆，第四堵是盤繞植物的木牆，接下來……竟然是火牆？這火牆，怎麼開門啊？」

「怎麼開門？」橫財霸氣十足地站到了火牆之前，背著火光，全身如同一座墨黑色的高塔。「這問題，怎麼難得倒我橫財鬼盜？」

「欸？」就在琴納悶之際，橫財已經伸出了他肥大的右掌。掌心，就在滾滾的火焰之前。

「強盜！」橫財狂笑，手心中發出連發式的砰砰砰砰砰亂響，「破……『防火門』而入吧！」

「防火門？」

在橫財的掌心處，出現了一道和過往截然不同的門型，同樣是方形的，但更加厚重，且門把不再是單純的把手，而是位在門中間的一條橫槓。

琴認得這門的形式，這是位在高樓的樓梯口才有的特殊門型。

這樣的門型，內有極不易燃的木材與金屬，並且在門內有著中空夾層，藉此讓火焰的溫度無法傳遞。

而這樣的門，之所以被安設在樓梯口，就是當大樓發生火災時，可以避免火焰燒入樓梯，讓人們有較為安全樓梯路徑可以逃脫。

這樣的門，確實耐高溫，抗烈焰，它，就是防火門！

防火門一出現，狂暴的火牆頓時被阻隔在外，也同時替橫財和琴等人，打開了一條生路。

「這防火門的等級很高啊？」琴低聲問，「你用了幾層門，才打出這門的？」

「妳這小妮子會不會管太多？我用到第八層了。」橫財哼的一聲，「這火牆的溫度高達九百度，得硬一點的防火門才有辦法打通。」

說完，橫財用力一推防火門上的橫槓，門應聲而開，眼前一公尺的火牆通道，頓時出現。

橫財肥胖的身影一個矮身，走入了防火門之內。

「莫言，問一下喔，橫財的極限是幾層啊？」琴來到莫言身邊，小聲地問。

「嗯，當年是十層。」莫言回答。

「那這樣算來，我們還有六、七、八、九四道牆，橫財已經用上了八層道行，如果每道牆都要提升一次道行……」琴吐了吐舌頭，「就怕不夠用。」

「放屁！」橫財壯碩的身體在前方低吼著，「老子就是牆的剋星，區區九道牆，老子一定吃得下來的嚕。」

他們三人快速走過火牆，當琴感受到亮度與熱度終於下降，下一堵牆，就這樣矗立在他們面前。

那是與滾滾烈焰截然不同的一堵牆，帶著嘩啦啦的壯大聲響，有如瀑布從天而降的瘋狂氣勢，眼前這一堵牆，是水。

僧幫的第六道牆，水之牆，就這樣擋在眾人的面前。

「水是流動的，而且水勢如此湍急，若要開門……」橫財再次站在水牆之前，深深吸了一口氣。「只能開一道足以抗高壓的門！」

水牆如瀑，嘩啦啦直衝而下，橫財的右手呈掌，按在水牆邊緣，發出一聲威武低喝。

「抗高壓玻璃門！」橫財吼道，「破門而入嚕！強盜！」

同時間，橫財右手手掌爆出框形的道行圖騰，打入了水牆之內。

但，就在門剛剛形成之時，嘩啦嘩啦狂猛的水柱，就毫不留情地把門框沖散，什麼都沒有剩下。

「這麼囂張？」橫財微微吃了一驚，右手再打，砰砰砰砰連續八響，門形已然在水柱間形成。

但這團水柱卻宛如擁有生命，狂水倏然而降，轟然一聲，再次把橫財的抗高壓玻璃門沖碎。

「第八層了……」莫言低語，「老友，這是你的極限嗎？」

「第八層，當然不是……」橫財右手不動，這是第一次見他用上了左手，只見他肥大的左手手掌猛一前擊，挾著長長如鬼魅的道行，擊向了水牆。

轟。

這一次，琴聽到了十個聲音。

十個開門的聲音。

然後，就在琴的面前，她看見了威猛絕倫的水柱，真的在橫財的雙掌下，往兩側分開了。

「摩西分海……」琴不自覺地想起了自己陽世曾經讀過的世界史，那個用手杖將紅海分開，帶領子民逃離埃及的西方聖人。

同時間，橫財雙掌的前方，不只分開了瀑布水柱，更出現了一道透明的玻璃門。

「給我，破門而入啊，強盜！」橫財一喝，玻璃門應聲往兩側自動打開，透明而華麗的兩塊玻璃，就這樣傲人屹立在轟隆隆的水瀑之中。

「有進步啊，老友。」莫言一笑，「十層門了？」

「笑話。」橫財看了莫言一眼，「別瞞我，多年前一別之後，你的功力也進步不少嚕？」

「嘿。易主時刻一到，主星紛紛現世，咱們的道行，好像也跟著變強了。」

「是啊，這可是一個戰鬥的年代嚕。」橫財說完，大步朝著眼前的瀑布玻璃門而入。

而琴跟在橫財的背後，走了進去，當她踏入這所謂的抗高壓玻璃門中，頓時有一種走入深藍海洋的錯覺，周圍都是流動的水，而水有時張牙舞爪想衝入玻璃門內，奪取一切生靈；有時卻又神秘溫柔，彷彿另一個次元中充滿魅誘的悠長曲線。

美。

深藍色的水，為何如此美麗？

當琴跟在橫財的背後，踏過了狂亂又溫柔的水牆，她見到了第七堵牆。

僧幫用以守護禁咒的九牆，已經剩下最後三道了。

這一道牆，平凡無奇，甚至有些殘破。

以泥土和灰石堆疊而成，像是琴記憶中，中國人建立在邊陲地帶，用來抵擋蠻族入侵的血淚高牆。

長城。

經過千年風沙洗鍊之後的長城斷垣殘壁，就是僧幫的第七堵牆。

泥土之牆，長城。

「這一次的牆，看起來沒有很難……」琴正暗自竊喜，卻發現一旁的橫財，罕見地露出慎重的表情。「橫財，幹嘛那麼嚴肅？」

「沒有破綻。」橫財眉頭皺著，「這堵牆，竟然沒有半點破綻嚕？」

「破綻？」琴歪著頭，眼前這堵殘破不堪的長城遺骸，東缺一塊，西缺一角，上面爬滿苔蘚，下面是歪折小花，這樣的牆，又不是武林高手，哪來破綻可言？

「確實是毫無瑕疵。」一旁的莫言，竟也跟著附和起來。「整座牆的設計互相牽連，彼此互救，生生不息，果然是厲害的牆，難怪能夠排到第七堵。」

「啊？設計互相牽連？彼此互救？」琴的頭越來越歪，「你們是把這堵牆當作一個陣法嗎？」

「有朝一日，肯定要拜見一下這堵牆的設計者。」橫財點頭，「只可惜，牆與門，向來是兩個對立的仇家。」

「是啊，你們終究是要分出高下的。」莫言嘆氣，「牆的立意在於阻路，而門的天職在於開路，兩者無法兼容，只能一分高下了。」

「門與牆的關係嗎？真是太深奧了。」琴心裡突然湧現一個頑皮的念頭，「你們說這堵牆很厲害，那我就來試上一試。」

說完，琴右手潛運電能，一股紅色電光在她掌心環繞，然後左手前伸，右手拉弓。「去嘍，紅色電箭！」

電箭共分七色，紅橙黃綠藍靛紫，紅箭是最為低階，而紫箭則是電箭頂峰，當年的武曲雖然確實已達紫電領域，更曾經以此箭挑戰陰界最強防禦者，太陽星地藏，至於勝負結果究竟如何？卻是陰界一大謎團。

如今，琴的功力正到黃箭與綠箭之間，而此刻射出的一紅箭，只是她隨手的牛刀小試而已。

只見紅箭發出燦爛紅光，咻一聲射中了這堵長城土牆。

「射中了，接下來，箭會炸開……」琴正要替自己這一箭下個什麼評論，卻見到箭體竟與土牆發生了變化。

積蓄了澎派能量的紅箭，原本要如同炸藥般猛力炸開，並在這座土牆炸穿一個大洞，甚至炸塌半面土牆。

但，炸彈卻意外沒有爆炸，紅色電能反而像是一滴水珠落了地，開始往四面濺開，沿著土牆的每條蜿蜒隙縫，每株纖瘦的植物，每塊腐朽的磚瓦，四處流竄開來。

眨眼間，紅色電箭的電能四散開來，就要化成一片彷彿不曾存在的虛無。

「欸？再一次！」琴一愣，手一翻，左手手腕的雷弦再次現身，右手更是快捷無比地拉弓，射箭。

這次電能更加內斂精純，紅色盡褪而下，換成了更加深沉卻也更猛烈的橙色。

橙箭，精準無比的射到了剛剛紅箭的位置，硬是將原本就要消散的紅色電能給接應了下來。

「好準頭。」莫言說。

「準頭有什麼用？得打穿這堵牆才行嚕。」橫財冷哼。

橙箭到了，帶來了它更強烈的電能，而且以更快的速度，就要往外炸開。

但同時間這堵牆也同樣展開了它的防禦，它隱隱扭動了一下，磚塊，裂縫，甚至是植物，竟在這零點零一秒間，微微挪動了一下。

橙箭也在這瞬間，再次被迫化成二十餘條脆弱無力的電光，往四面八方散去，再也無力引發什麼爆炸。

「這牆很厲害耶！」琴讚嘆，「它會把我的電能消化掉！」

「這牆是高手設計，每塊磚瓦都絲絲入扣，堪稱完美防禦啊。」橫財哼的一聲。「懂了嗎？」

「一點懂，也有一點好玩。」琴微微一笑，左手的雷弦再次展現傲人光芒，下一箭已然出手。

黃色。

比橙色更閃亮，比紅色更耀眼，象徵著此刻琴的天賦與道行水平的黃箭，就這樣畫過了天際，又是精準地射中同一個位置。

金黃電光猛力注入該處箭痕，更帶來如同暴風般的電光，暴風亂舞，就要把這堵牆攪成碎片。

但下一秒，所有的電光暴風倏然被收入了箭痕之中，土牆隱隱晃動，磚頭與青苔，小花與裂痕，又一次在瞬間改變了位置，硬是將這股電能全部排散開來。

然後在透過二十幾條路徑，再次將金黃電光拆解，散成毫無傷害的小電球。

「黃箭也無用？」琴一笑，依然是那個調皮又可愛的笑容。「那換個攻擊方式呢？」這聲輕笑之後，琴左手十大神兵之一的「雷弦」再次舉起，然後琴右手拉弓，而最大的不同的是，琴的右手之上，捏著是九把箭。

每把箭都是金黃色，都是洶湧的金黃箭光。

「去啊，九連發！」琴右手手指鬆開，然後九道金光，兵分九路，射向了這堵長城土牆。

這九箭位置也是射的極度巧妙，除了中央一箭又落在剛才的箭痕之外，其餘八箭，剛好射中土牆的最邊緣九個位置。

「我不懂什麼陣法，但我知道最邊緣通常是最脆弱之處！」琴笑著說。「來看看這堵牆的設計者，有沒有想過會接到這樣的挑戰！」

九箭同時射中牆體，九道狂亂暴風電光，同時湧現，這樣的威力別說一堵破舊土牆，就連一棟三十層高樓，都會被九股風暴一口氣轟然摧毀。

而這堵牆又有何反應？它的磚瓦在瞬間移動排列，像是某種機關啟動，更像是某個圖騰浮現，九道電光，還是在這排列之中，倏然消失，硬是被吸入了牆面之中。

「還是不行嗎？等等……」琴收起了微笑，微微皺眉。「有點奇怪？」

奇怪的是，所有的電能雖然被全部吸納，卻沒有像剛才一般往四面擴散，藉此將能量排解，避免傷害牆體，這次的土牆寂靜無聲，有如沉眠。

然後，琴聽到了莫言一聲低吼。

「躲開！」

「躲開？」琴一愣，然後她赫然發現，眼前突然被一大片刺眼奪目的黃光籠罩。兇暴，可怕，充滿殺傷力的電光，被一鼓作氣被吐了回來，硬是要將琴當場反殺！

「糟糕！」琴的實戰經驗畢竟少了那麼一點，面對突然吐回兇暴電光，她呆了一呆，也就是頓了那麼一頓。

也就是這麼一頓，讓她錯失最珍貴的逃脫時機，黃色電光有如一枚砲彈，已經將她生路完全斷絕，朝她轟然炸下！

電光中，琴又聽到了那首歌。

輕盈的，細微的，像是一個人在自己耳畔輕唱，而最奇妙的是，從聲音聽起來，輕唱的人，正是琴自己。

我怎麼可能自己在自己耳邊唱歌呢？琴笑，因為她覺得荒謬。

但一方面，她卻覺得，唱歌的絕對是自己。

也許不是現在的自己，而是更久更久以前，屬於過去的自己。

琴想起來了，這不是她第一次聽到這首歌，也不是第一次聽到這樣的唱法，在她剛踏入陰界時，就曾經與這首歌相逢了。

那首歌，就叫做記憶風鈴。

是的，這是孟婆所掌管，記憶風鈴的歌聲……更是曾經拒絕琴的歌聲，只是為什麼自己又會聽到這首歌呢？就像是她在木牆身陷危險時，聽到的歌曲一樣……

難道是，在這個僧幫之中，有什麼令記憶風鈴非常懷念，也是讓當年武曲非常懷念的「什麼」存在嗎？

琴想到這，忽然，一陣劇痛拉回了現實。

對，琴想起，我正被自己的電光反噬哩！糟糕！我就要死掉了嗎？

琴有死嗎？沒有，也許正因為她是主角，所以有了不斷逃脫逆境的機會……一個不知道為何的原因，電光突然減速了，像是使出電光的人，突然在關鍵時刻遲疑了。

而這個遲疑，更替琴爭取了珍貴的零點一秒，而這零點一秒，則足以讓一個透明的物體，攔到琴的面前，將她完全包覆。

琴看到這透明薄膜，她笑了，因為她知道是誰出手了。

「莫言。」琴的聲音中帶著開心和一點撒嬌，「謝啦，好一個收納袋啊！」

「妳難道不知道妳自己的電會電死人嘿？下次可以不要發呆嗎？」在這層透明之外，是一個大到不像話的巨臉，這臉上還戴著琴熟悉無比的墨鏡，墨鏡上是一個光溜溜的頭。

琴知道，這是莫言的臉。

看到莫言的大臉，琴更清楚，不是莫言的臉被巨大化，而是琴的身體被縮小了，縮入了小小的收納袋中。

而收納袋正是莫言的技，一個能將一切物質隨手偷走的神技，如今，琴因為收納袋的神技而得救了。

「可以可以。」琴雙手合十，「下次我會小心，可以放我出來嗎？」

「哼。」莫言一甩手上的收納袋，琴感到一陣天旋地轉，她雙腳已經穩穩站在地上，而她同時看見，另一頭，橫財終於出手了！

專司開門技能，甲級陀螺星，橫財，終於出手了。

「吼啊！」橫財右手正按在長城土牆之上，威猛的道行已經直接打上了牆面。「破門而入嚕！強盜！」

長城土牆與鬼盜橫財，一牆一門，一攻一守，勢不兩立的兩大極端，終於交上了手。

橫財掌心道行化成濃烈濁氣，直灌入牆體之中。砰砰砰，連三聲，代表橫財一開始，就疊上了第三層門。

三層門，就是要在長城土牆之上，刻下三道方形門痕，但見這牆又是一陣磚瓦間的微微晃動。

門痕無聲四散開來，被牆排解消散殆盡。

「三不夠，那就六！」橫財右手再次用力，道行灌入，砰砰砰砰砰砰，連六聲撞擊，震得牆面不斷晃動。

牆面不只晃動，表面更出現陣陣波動，如浪如潮，而上頭的磚瓦青苔，更像是剛才與琴對決一樣，開始上下左右挪動。

短短零點一秒的挪動，就像是靈活且沒有任何破綻的陣法，化去了橫財六道門的道行。

「真的不簡單嚕！」橫財的左手，終於跟著舉起來了，低吼。「直接上，八層啦！」

八層，這曾經擊潰自然痊癒木之牆的一掌，轟然擊向這長城土牆。

只見土牆再次開始扭動，磚塊甚至有些突起，有些凹下，青苔如水般快速擺動，牆角的小花更因此而劇烈顫動起來。

而當小花的擺動突然停止，所有的道行，竟然瞬間回歸到了橫財的面前，全部反彈回來！

「這得感謝剛剛那個笨姑娘。」橫財大笑，「我早就知道你有這招嚕！第十層門功力！」

說完橫財左手一抖，空中突然出現一道門，門懸浮在橫財面前，門扉大開。

長城之牆所反擊的能量，就這樣衝入橫財在空中所開的那道門，嘩啦嘩啦的不斷流過，最後砰一聲，橫財左手關上門時，剛剛那股兇暴的反彈道行，早已消失在門後，不知道去何處流竄了。

反擊的能量無法傷到橫財，反而替他爭取了短暫的空檔，他雙掌高舉，掌心周圍的狂風鼓動，然後他大吼了一聲。

「至今為止最強的一擊！看你能到哪裡啊！」橫財雙掌同時擊向了土牆。

然後一連串猛力的聲音從掌心傳來。

砰砰砰砰，四聲，四層門。

砰砰砰，又三聲，七層門。

砰砰兩聲，九層門。

然後，橫財雙眼圓睜，掌心再次吐勁，這一聲砰比剛才更沉、更深，更讓人感到心蕩神馳。

這是超越以往的強度，這是橫財至今為止的功力巔峰。

「這是，十層！」

長城因為第十層門而整個晃動起來，原本自在游移的磚瓦，開始撲簌簌的掉落，牆壁上的龜裂急速擴大，上頭的青苔更是整片整片落下。

有如曾經抵禦千萬外侮的忠實之牆，只差一指之力，就要崩塌。

但，就是差這麼一指之力，就是這該死的一指之力，長城硬是守住了！

磚塊再怎麼粉碎掉落，青苔再怎麼如綠雨般落下，地面那株小花再怎麼劇烈擺動，牆，就是不倒。

不倒就是不倒。

「這麼有勁啊！那太好玩嚕！」橫財眼睛睜得大大的，他全身的肥油在此刻全部內收入體內，取而代之的是壯碩的肌肉。

此時的橫財，不再肥碩，變得精壯如巨鬼。

「老友啊老友。」莫言輕輕搖頭。「沒想到，你的功力已經到這裡嘿？那就不要客氣，突破到……第十一層吧！」

說完，橫財全身的肌肉往裡一緊，從手臂，從雙腳，從背部，從頭顱，全部集中到他的雙掌之間，然後雙掌氣流湧動，他在陰界數百年來，攀越頂峰的一擊，就此打出。

十，一，層，門。

「給我破門而入啊，強盜！」

然後，就在此刻，琴看見了那株小花，終於停止了擺動，然後慢慢地垂下頭。

下一秒，牆面上，一個門形就這樣出現了。

深刻的、清楚的，彷彿從這面牆誕生之時，就打造於其中的門，就這樣出現了。

門是銅製，上頭有著古老戰爭的守護神獸，門面上還有著被千萬刀斧砍鍘過的痕跡

……這樣的門，出現在長城之上，有如渾然天成，沒有半絲違和感。

如今這一道門，已然深深嵌入土牆之內，有如渾然天成，而土牆如今也已無力反擊，

陣法已破，只能任憑此門穿身而過。

「我的第十一層門，是古老銅門嚕？」橫財滿意地點頭，然後拉開銅門把手，大剌剌地走了進去。

於是，僧幫的第七面牆，長城土牆，在橫財突破極限的驚人武力之下，宣告完全破解。

「有點厲害嘍。」琴穿過銅門時，低聲讚嘆。「橫財。」

「小妮子，妳現在才知道嚕？」橫財突破自身功力，難免得意。「老子究竟有多了不起！」

「是是是。」琴哼的一聲，「可惜就是不學好，專門打開人的肚子。」

「妳真的很會記仇嚕。」

「如果是你，被人打開肚子，你不會一直記住嗎？」

「老子英雄氣長，天不怕地不怕，被開開肚子，又有什麼問題嚕？」橫財哼一聲。

「那下次我來開你的肚子。」

「來啊，妳以為老子怕妳？就怕妳沒有能耐……」

「我……」

只是，琴和橫財正拌嘴拌到一半，忽然，旁邊的莫言發出「咦」的聲音。

「咦？」莫言眉頭皺了起來，「下一面牆呢？」

「對啊，第八面牆呢？」琴愣愣地看著前方，一片空蕩與虛無。

「既然無牆，如何破牆？」橫財咬牙，「好樣的，這是傳說中的……虛無之牆嗎？」

正是，這裡正是僧幫九牆之第八面……虛無之牆。

「為什麼，沒有牆？」琴愣愣地看著前方，一片空蕩與虛無。

「是嘿，確實沒有實體的牆。」莫言伸手往前，確實是空無一物的觸感。「不過有趣的是，眼前雖然沒有牆，但卻看不到更後面的第九道牆，也看不見僧幫用來收藏咒術的房間，所以……確實有東西在這裡。」

「空無一物的牆，是所謂的虛無之牆嗎？」橫財雙手扠腰，瞪著眼前一條長長的走廊，不斷向後方延伸像是沒有盡頭。「沒有牆，該怎麼開門？」

「對啊，沒有牆，自然就無法開門，就走不過去。」琴歪著頭，皺眉。「僧幫的這第八面牆，到底怎麼通過呢？」

「來試試嚕。」橫財右手前伸，低喝一聲：「破門而入嚕，強盜！」

任憑橫財掌心冒出多少強猛的道行，但就像是拿石頭去砸空氣，濺不起一絲一毫水花。

「第一層、第四層、第六層、第九層……」橫財放下了手，坐在地上，眉頭緊鎖。「第一層是木門，第十層是抗壓玻璃門，第十一層是古老戰爭銅門，在古老的文獻中，兩千年前曾有一代的陀螺星，練到十四門，那文獻是怎麼寫的？對了，第十三層門之後，有門似無門，是為『空門』，若是空門，肯定能輕易破解這虛無之牆吧。」

「不過我方才突破玻璃門，進入十一層戰爭銅門，怎麼可能連跨兩級，直上空門。」橫財抓著頭髮，有如一個煩惱的大飯糰。

「僧幫果然厲害，難怪百年來沒有半個小偷強盜能偷出咒術。」莫言站在走廊的正中心，試圖釋放出身體的道行，去捕捉周圍隱藏的線索，但這虛無之牆真的是虛無無比，竟然什麼都感受不到。「琴，妳對走廊那端射一箭看看，至少用上八成功力。」

「好。」琴左手舉起，左手手腕上的弓形刺青，再次閃耀神兵的光芒。「黃箭，去。」只見琴的手腕掌心一翻，右手鬆開同時，一把筆直的金光黃箭，已然射出。

箭朝著走廊深處直直射去，速度極快，眨眼間就消失了蹤影。

「怎麼樣，有碰到東西嗎？」莫言問。

「……」此箭乃是琴的道行所製，故能與琴心意相通，但見此箭已經消失在走廊盡頭足足三分鐘，琴卻只是搖了搖頭。「現在還在飛。」

「電箭飛行的速度……三分鐘已經足以飛行數公里之遠。」莫言沉吟，「這已經比三倍的僧幫總部還要長了，但電箭還沒到盡頭？」

「嗯，還沒到。」琴搖了搖頭，她感覺到電箭還在飛行，在永無止境的黑暗中，帶著自己的亮光前行著。

如果前方真的是沒有盡頭的長廊，那電箭可能會飛到自己能量耗盡，身軀越來越小，越來越細，最後成為黑暗中的一絲微光，完全消失。

而那可能是數個小時之後的事情了。

「僧幫不可能這麼大……」琴看著莫言，「那虛無之牆到底是怎麼回事？」

「傻瓜嚕，妳還不懂嗎。」橫財哼的一聲，「虛無之牆是一種結界。」

「你才是傻瓜，」琴嘴上毫不客氣反擊，「不過，結界是什麼意思？」

「自己是鬼，這麼說是挺不好意思的。」莫言嘆氣，「這就是陽世所說的……鬼打牆了。」

「啊。」琴抬起頭，看著毫無異狀的周圍。「我們現在正在鬼打牆之中？」

「是的。」莫言皺眉，「要走出結界，就要有引路者，無論這引路者是人、是物體，或是任何一種訊息，如果沒有，我們就怕破不了這堵虛無之牆。」

「引路者？」琴歪著頭，「我們怎麼可能有引路者……咦？」

「嗯？怎麼？」

「嗯，也許有機會。」

「什麼有機會？」

「雖然稱不上引路人，但我確實聽到了一個聲音。」

「聲音？」琴慢慢地舉起手，往前比去。

只見莫言和橫財互望了一眼，異口同聲地問：「什麼聲音嘿？」「什麼聲音嚕？」

「正確來說，是一種旋律啦。」琴歪著頭，「一種由風鈴演奏出來，簡單的旋律，你們聽不到嗎？」

「我聽不到。」莫言眉頭皺起，露出深思的表情。

「虛無之牆是僧幫獨有的結界，以咒術形成，其中不該聽到外界聲音，就算有，也許也是一種誘餌。」橫財說，「不過有趣的是，它是風鈴聲嗎？」

「但如果是風鈴聲，就可能是記憶風鈴，也就是孟婆手上的聖物之一，若是如此，確實有可能穿入虛無之牆嘿。」莫言說，「只不過，妳為何會在此處聽到這聲音？又為何只有妳聽到？」

「不知道，也許是因為我很聰明，你們兩個才是真正的笨蛋？」琴一笑。

「妳……」橫財瞪了琴一眼，這瞬間，確實也無法反擊。

「我們該跟上去。」莫言開口了。

「在虛無之牆內，跟著一個未知的聲音？瘋了嗎老戰友。」橫財搖頭，「這可能是更大的陷阱了。」

「我覺得我們該跟，一來我們已經無計可施，二來……」莫言看向了琴，「我認為，琴的直覺可以相信，我相信她。」

「相信她？一個陰界的菜鳥？」橫財看向琴，這次，橫財沒有繼續說琴是笨蛋，反而專注地看了她，數秒的時間。「好吧，當時我從颱風中墜下，也被一個女孩的歌聲所救，這一次，就當繼續相信歌聲與音樂吧。」

「等一下。」琴伸出手。

「什麼等一下？」

「說跟我就跟我嗎？」琴比著橫財，「如果真的被我帶出了虛無之牆，我有件事要橫財做。」

「什麼事嚕？」

「對大名鼎鼎的陀螺星橫財而言，是一件既簡單，又困難的事。」琴微笑，笑容中有著傲氣，也有著調皮。「我要你施展自己的技。」

「我的技，開門嗎？」橫財一愣，「妳要幹嘛？」

「我啊，要以其人之道還治其人之身。」琴笑，「我要你打開自己的肚子，讓我看看你的胃。」

我要你打開自己的肚子，讓我看看你的胃。

「好樣的！」橫財眼睛睜大，「妳……」

突然，橫財的肩膀，被莫言一把勾住，然後耳邊傳來老友的大笑。

「哈哈哈哈，」莫言大笑著，「這小女孩，很有咱們神偷鬼盜的風格對吧？」

「你……」

「以牙還牙，以眼還眼，再加上一個有仇必報，哈哈哈。」莫言大笑著，「聽說她在陽世只是一個報社小編輯，現在是跟著我們跟久了，也學壞了嗎？」

「哼！」橫財瞪著琴，而琴也毫無畏懼地回瞪橫財。

兩人對瞪的時間足足過了一分鐘，在橫財那混雜了殺氣、流氓、兇狠，還有摻雜著甲級星道行的目光中，琴的眼神，竟然沒有任何的游移。

不，與其說沒有游移，不如說，那是一雙清澈而調皮的眼睛。

清澈，是因為信念單純。

調皮，是因為覺得世界有趣。

這眼神，實在很像……橫財心中悸動，很像當年的武曲啊。

要用殺氣和霸氣強壓這樣的眼睛，根本就是不可能的事啊。

也就在時間過了兩分鐘，橫財聽到自己用佯裝堅強的聲音說：「好，如果妳真能帶我們出去，老子就打開自己的肚子給妳看……但如果不行……」

「那就換你打開我的肚子。」琴斬釘截鐵地說。

「不。」

「不？」

「我要肉絲。」橫財看著琴。

「肉絲？」

「沒錯，我要當年武曲費盡千辛萬苦拿到的一個寶物，聽說她更將這寶物融入某道菜色中。」橫財說，「我既然是強盜，就是要搶寶物，我要武曲當年的『肉絲』，我不管妳用什麼方法，就是要找給我！」

「武曲的肉絲嗎？」琴一愣，難道橫財說的是『聖．黃金炒飯』中的其中一項食材，也是自己一直沒有找到的剩下兩項食材之一。

蛋，與肉絲嗎？

「對……」橫財冷笑，「妳，敢不敢賭？」

「當然，」琴再次昂起頭，直視著橫財的雙眼。「我們賭了！」

而一旁的莫言，卻在此刻看著橫財露出的淺淺的邪笑，他內心是如此想的：「橫財啊橫財啊，你叫琴去找武曲的寶物，難道……你也認同了，琴其實就是武曲轉世的這件事了嗎？」

賭約完成，於是，琴就這樣隨著搖曳的風鈴聲，帶領著莫言與橫財，

這一趟旅程，琴不記得走了多久，好像十分鐘，又好像半小時，她只記得，自己只做了一件事，那就是傾聽。

傾聽著遠方的歌聲，有時清晰，有時模糊，有時歌曲婉轉動人，有時又慷慨激揚。

偶爾，當她發現歌聲漸漸遠離，甚至忽然消失，她會示意莫言和橫財停下腳步，稍作等待，直到歌聲再次響起，琴才會繼續前進。

有時候他們只等了數秒鐘，有時候則會等到數分鐘，琴隱約知道，遠離的並不是歌聲

本身，而是身陷在「虛無之牆」結界中的三人。

當歌聲重新被唱起，代表虛無之牆的道行消退，琴他們三人才能繼續前進。

於是，就這樣，他們三人走走停停，而這也是琴第一次如此認真地聆聽完一首「風鈴之歌」，這旋律與琴在孟婆處所聽到的一模一樣，那是當年武曲帶著悲傷心情離開了陰界，所留下的「記憶風鈴」。

歌曲中，琴聽到了武曲的任性，武曲的熱情，武曲的愁緒，武曲的快樂，武曲的悲傷，武曲想對自己說的話，與武曲想對……聆聽這首歌的人，所說的話。

自己，真的不是武曲嗎？

為什麼會對這首歌，產生這麼大的反應呢？

為什麼，在聽著這首歌的同時，琴會好想擁抱這首歌的主人武曲呢？琴想告訴武曲：「一切都沒有關係喔，真的都會沒事的呦，別把所有的痛苦都掛在身上喔。」亂世終將結束，而「那個人」，終將會選擇自己想走的路，別怪自己，妳已經做得很棒很棒了。

那是十九年後，琴想對武曲說的話，也是自己想對自己想說的話……

只是，那個男孩，那個自己始終記掛於心的男孩，他現在到底過得怎樣呢？這武曲的記憶風鈴，是如此問著，問著……直到，樂聲緩緩地減弱，減弱，直到有如一縷輕風，消失在琴記憶的最深處。

這首歌悄然結束，而琴發現自己，正呆呆站著。

忽然，旁邊遞過來一條手帕。

「咦？」琴低頭看著手帕，發出了一聲不解的疑惑聲。

「把眼淚擦一擦嘿。」莫言的聲音，低沉而溫柔。「我們是小偷，在偷到寶物以前，沒有小偷會哭成這樣的。」

「哭？」琴急忙伸手在自己臉上一抹，發現整個掌心都是濕濕的淚水，哇，到底哭多久啊？「我……我……」

「虛無之牆，我們破了。」莫言聳肩，「幹得好。」

「嗯。」

「忘記說，這是以『笨蛋』來說，幹得好。」

「欸！」琴聽到笨蛋兩字，忍不住想伸手捶莫言，但隨即又笑了。「誰是笨蛋！你才是笨蛋，你還是個禿子，拿著塑膠袋的禿子，如果沒有我，你和橫財在這裡迷路迷到死好了。」

「欸，說好不提塑膠袋，我的是收納袋，威鎮陰界的技好嗎？」莫言嘴巴反擊，嘴角卻微微揚起，他確實讚賞著琴，沒有琴，這第八道虛無之牆，還真是無縫可破。

「嘻嘻，好啦，你是收納袋。」

「而且我也不是禿子。」

「好啦，你不是禿子，你是天生沒有頭髮。」琴說到這，總算破涕為笑，更將眼神移向了一旁的橫財。「怎麼樣，願賭服輸，打開自己的肚子吧。」

橫財卻沒有答話，只是看著前方。

「欸，橫財，不可以耍賴喔，你可是陀螺星鬼盜喔，說好賭輸了要打開自己的肚子的。」

「……」此刻，橫財卻依然沒有說話，甚至是，嘴唇微微泛白，瞪著前方。

「喂。」琴雙手扠腰，正要跺腳生氣，卻聽到旁邊的莫言，發出了一聲「噓……」

「噓？」琴轉頭，「莫言，幹嘛，你怎麼也幫他？」

「……妳道行太低，沒有看到嗎？」莫言的聲音，在此刻轉為冰冷、戒慎，甚至是琴從沒有在莫言口中聽到的一種情緒：恐懼！

「看到什麼……」琴訝異。

「第九道牆，其實是一個人。」莫言努力壓抑著聲音中不斷流滲而出的恐懼。「妳看不到他？」

「最後一堵牆，是一個人嗎？」琴詫異，「他就站在前面？」

「是。」

琴微微歪頭，然後基於直覺，她啟動了電系能力之一的「電偶」與「電感」。電偶，透過細微刺激肌肉與神經，藉此提升自我體術的一種能力，而琴將這些微電流，都集中到了雙眼處。

這秒鐘，她的視力暴增二十倍，那是如同高空翱翔老鷹的視力，如果莫言有頭髮，琴連莫言頭髮上的粗糙鱗片都可以看得一清二楚，不過，前提是莫言有頭髮。

然後，再配合上琴的另一種能力「電感」，將自身當作電波發射器，散射出一圈圈的細微波長，透過電波反射，可以比視覺更精準地掌握環境的一切變化。

電偶、電感，再加上電箭，如今已經是琴在陰界能順利走跳存活的關鍵技能。

而現在，琴啟動了她的全部感測能力，只為了明白莫言與橫財究竟看到了什麼？看到了誰？竟讓他們如此畏懼？

然後，琴確實看到了「他」。

一個人影，盤腿而坐，垂首低身，雙掌合十，正在入定且熟睡著，此人所散發之氣息，卻是琴進入陰界數年以來，感受到最慈祥最溫柔，也最無害的。

就像是溫和的祖父，熟睡的老人，一個讓人打從心底感到平和的形象。

看著這形象，又想起莫言與橫財那睜眼驚懼的樣子，琴忍不住感到好笑。

「哈，莫言，你看到的是這老先生嗎？他看起來人很好啊，你們不要怕啦。」琴回頭，對著莫言而笑。

「人很好的老先生？人很好的老先生？」莫言低語，額頭上的汗，緩緩滲出。「妳可知道此人是誰？」

「是誰？」

「他是……」接口的，卻是橫財。「百年以來陰界公認最強，地位至今從未被撼動過……」

「啊。」

「太陽星，地藏啊！」

僧幫九牆的最後一道牆，竟然就是僧幫不敗傳說的起點與終點，太陽星，地藏！

第八章·小風的髮飾

逃亡。

正當小靜在貓群的簇擁下，一路從警察大樓的底層往上打，經過駐警、巡警、刑警，一直到特警，貓群重傷，小虎慘勝，才終於打開了監獄的門，救出了守護小靜的歌手，蓉蓉。

但在監獄外的長廊上，卻出現了另外一組不速之客。

「一張，讓我們十隻猴子，都會聚在一起的『召集令』啊。」

然後，走廊盡頭，一個不屬於警察的古怪人物出現了，他手裡牽著一條狗，不，那不是狗是人，一個頸子被套上項圈的人。

而且不只如此，走廊盡頭最大也最豪華的那間拘留室中，更傳來一個讓人莫名感到恐懼的女子嗓音。

「老大，你轉生為女孩啊，哈。」那女子是這樣說的，「真是又有趣又荒謬啊。」

「快走！」小靜放聲喊道，一股從她靈魂深處湧現出來的不安，讓她忍不住放聲大喊。

「我們一定要快點走！快點走！」

「想走？沒那麼容易哩。」眼前這個西裝筆挺，頭髮梳得油亮的男人跛著腳，似乎行動不便，他發出長笑。「去吧，連續殺人犯。」

這脖子套著狗鍊的連續殺人犯發出一聲低吼，四肢在地上來回爬行，似獸似鬼，如同一隻大椿象，衝向了小靜等人。

小靜一聲尖叫，往後退了一步，然後代替她往前的，是數道俐落的小影子。

小影子，正是貓群，牠們瞬間爬上了這個似獸似鬼的人，貓爪亂抓，鮮血濺開，試圖阻擋此人的前衝，但這古怪的人，卻展現了異常暴力的衝勁，貓群竟擋他不住。

「這可是我最珍藏的一個殺人犯哩，他殺的人雖然不多，但專門在遊樂場用遊戲錢幣和糖果騙小孩，並在廁所將小孩殺害，被稱為『爸媽的遊樂場惡夢』，為了迎接這召集令降臨的美妙時刻，咯咯咯咯。」那個穿著西裝抹著油頭男人冷笑，「貓群啊，現在你們全部受了重傷，別以為能擋住我，人權律師啊。」

人權律師！這人竟然就是十隻猴子中的人權律師！

那其他猴子呢？是否也已經到了？

況且，貓群從警察局一路打上來，遭遇的正是整個政府最精英的警察系統，就算貓群實力驚人，真把警局給掀了，但也讓貓群付出了慘痛的代價。

而就在群貓對這「遊樂場惡夢」無計可施之際，一個白色而帥氣的影子出現了，身軀比一般的貓更大上幾分，全身長毛，帶著慵懶而霸氣的形象，正是三隻白鬍貓之一的「緬因貓」。

緬因貓同樣因為警局之戰而身受重傷，但白鬍貓畢竟是白鬍貓，只見牠一躍而出，有如一團白球，直接撞向了「遊樂場惡夢」殺人犯。

這一撞，頓時阻住了遊樂場惡夢的來勢，遊樂場惡夢連退兩步，幾乎翻倒，但聽到緬因貓發出不滿的低「喵」聲，顯然對自己這一撞頗不滿意，若是緬因貓尚未受傷，也許能把這個殺人犯撞得連滾數圈，直接撞回人權律師身邊吧！

不過，就在緬因貓阻擋了殺人魔之際，小靜卻感到心臟一跳，一個柔柔細細的聲音，在眾人耳中飄來。

「老四啊，怎麼不濟事？連隻受傷的貓都對付不了，嘻嘻。」那是一個女子聲音，「還是讓我老六松子來吧。」

「什麼對付不了？」人權律師冷哼一聲，「要不是被巨門之鎚所傷，一隻已經重傷且疲倦的白鬍貓，我怎麼會對付不了？」

「是嗎？咯咯，男人四十就只剩下一張嘴嘍。」松子突然從走廊空中現身，一身豔紅，飄蕩如豔鬼，倏然朝小靜等人衝去。「啊啊！」見到松子模樣，小靜想起鬼故事中的情債惡鬼，忍不住尖叫，幸好，另一隻白鬍貓已經站到了小靜身前。

暹羅貓，有著古老血統的神秘貓族，在眨眼間，已經到了小靜的前方，與松子正面相對。

暹羅貓貓爪倏然伸出，快到肉眼根本來不及分辨，直取松子雙眼。

「明明就受傷了，還這麼兇幹嘛呢？嘻嘻。」松子一身鬼氣，急轉身軀，化成一團紅氣，有如消失了形體般，讓暹羅貓的爪子，撲了個空。

「喵。」暹羅貓同樣發出一聲不滿的低喵聲，牠知道若是尚未受傷的牠，這一爪就算沒辦法把眼前這臭人類腦袋抓裂成兩半，至少能在臭人類臉上留下三道清晰爪痕。

這一爪，竟然落空了？

「哼，都怪天缺老人！竟然把我傷得這麼重！」松子退了幾步，背後滲出冷汗，剛剛暹羅貓的爪子，確實差點就把她的臉給割開了。「剛剛還真的差點栽了呢。」

而當暹羅貓阻擋了松子鬼魅十足的偷襲，另一個聲音，又從走廊一側傳了過來。

這聲音實在奇特，讓小靜一瞬間無從分辨起，到底是什麼物體、什麼生物，甚至是什麼樣的驚人的數量，才會發出這樣的聲音……

如細細的海潮，綿密、細碎，但又快速，像是千萬隻小腳在地面爬行，所發出沙沙沙沙沙沙沙湧來的聲音。

然後，當這聲音越靠越近……小靜抬起了頭，找到聲音源頭原來來自天花板時，小靜幾乎要昏過去了，而同時間，她聽到了隔壁蓉蓉發出一樣的尖叫。

「蟲！」蓉蓉聲音帶著哭音，向來比小靜大膽的她，此刻卻怕得用雙手抓著小靜的手，快要哭出來了，因為蓉蓉真的很怕蟲，蟲子是她的剋星，更何況此刻天花板的蟲……

密密麻麻的幾乎蓋滿了整片天花板！數目絕對已經破萬！

而且這些蟲的樣子千奇百怪，色彩繽紛且詭異，有的甚至還有翅膀，而有翅膀的蟲，更是蓉蓉恐懼中的首要天敵！

「為……什麼……為什麼……會有……會有這些蟲？」蓉蓉嘴唇已經泛白，「好多……好多……」

「我……我也……不知道……」小靜拚命搖頭，「這個惡夢，到底還要可怕到什麼程度？」

「可怕？」一個聲音，就這樣從群蟲之中傳了出來，低沉卻響亮，倒是一個非常好聽的男音。「嘿，顯然有人把陰界的事情，都忘得一乾二淨了呢。」

而小靜和蓉蓉朝聲音方向看去，只覺得眼睛微微亮起，因為這個站在蟲之中的男人，真的挺帥挺好看的。

那種帥，不是留著一頭帥氣長髮，笑起來牙齒會發光的那種帥，而是在一個英挺的五官之中，多了點頹廢，一點雅痞，有些鬍碴，眼神溫柔如淋濕小狗般的帥。

這樣的帥，若是在陽世，無疑是頂尖的少女熟女殺手。

「我叫做基努。」那站在蟲群中的男人，露出淺笑。「我是第三隻猴子，我應承召集令而來。」

就在蓉蓉和小靜同時感嘆陽世怎麼會沒有這樣的帥哥之時……她們身邊，一道凌厲的白影，已經如疾箭般，射了出去。

第三隻白鬍貓，也是最厲害的一隻白鬍貓，日本短尾貓。

牠為何搶著出手？因為牠知道，這個帥到令兩個少女痴傻的傢伙，很危險。

又強，又危險。

所以牠只能賭上偷襲般一擊必殺的機會，要重創眼前的男人。

但這男人卻只是笑了，眼神同樣溫柔悲傷，周圍的蟲群，在此刻像是有意識般，如海浪般湧起，撲向這個瞬間即到的貓群頂級殺手，日本短尾貓。

喵。

日本短尾貓的速度極為駭人，才能成為三隻白鬍貓之首，牠的雙前足輕踩蟲群，竟然將蟲群當作牠的墊腳石，更藉由其如閃電的速度，就要直接越過蟲浪，撲向蟲浪之後的男人，基努。

「速度好快。」基努伸出右手，淡淡搖頭。「可惜受傷後速度少了兩成……而僅僅兩成，就足讓你落敗了！」

基努的右手掌心，突然出現了一股強烈無比的狂風，風中嗡嗡亂響，竟是數十隻的怒風之蟲。

怒風之蟲的羽翼如利刃，如螺旋刀般捲向了日本短尾貓，而如果日本短尾貓速度夠快，也許可以以更高的速度，在怒風之蟲聚攏之前疾衝過去，但牠受傷了，這傷讓牠速度減了兩成。

區區的兩成，少少的兩成，就讓這場戰鬥產生了截然不同的結果。

日本短尾貓，在烈風中，被怒風之蟲纏上了，啪啪啪啪啪啪……那是利刃割過皮膚與鮮肉的聲音。

日本短尾貓全身浴血，攻勢頓阻，但在同時，基努卻發出了咦的一聲。

「攻勢雖阻，卻不肯斷啊。」基努眼中流露出讚嘆，「好貓！」

攻勢雖阻，卻不肯斷！這是日本短尾貓的武鬥意志！牠沒有發出一聲憤怒的貓叫，只是往前，帶著滿滿的怒風之蟲，繼續往前，來到了基努的面前。

「喵！」終於，日本短尾貓叫了，同時間，牠的爪子在空中劃過一道燦爛的銀弧線，勾向了基努的臉。

這來自日本短尾貓生死一擊的銀弧線，聲勢如此驚人，絕對足以將基努的臉直接勾成兩半。

「好！」基努眼睛一亮，脖子微微一轉，好像有什麼東西從他背後出來了。

日本短尾貓也看到了那東西，但牠的爪子沒有停，牠對自己的這一抓有自信，無論基努祭出什麼樣的蟲，牠都能一爪抓斷。

但是，下一秒，日本短尾貓發現自己錯了。

眼前的蟲，外殼極硬，竟然硬到日本短尾貓瘋狂暴力的爪子，只在那蟲的外殼表面，無聲擦過，連一道刮痕都沒有產生。

喵。

日本短尾貓身經百戰，經驗何等豐富，就算已然重傷，情勢不利，牠身體急扭，扭了三圈，轉攻勢為守勢，就要退後。

但這隻蟲，可沒有那麼容易相處，牠的身體大小如貓，堅硬的外殼如子彈，六隻觸手如鋼刃，已經纏上了日本短尾貓的身軀。

日本短尾貓和這隻蟲子糾纏在一起，貓爪完全傷不了這蟲的硬殼，重傷失速的短尾貓又無法展現原本駭人的高速，此消彼長之下，日本短尾貓就會被蟲爪勾到支離破碎，成為一團無奈的爛貓屍。

但，日本短尾貓的險境，卻也代表位階還在牠之上的另一隻貓，終於要出手了。

牠方才經歷了更猛烈的激戰，身上受了更重的傷，但牠依然會出手，因為牠不容許自己的部屬在此地喪命。

牠不會容許。

因為牠是夜晚世界的帝王。

牠是貓街之主，小虎。

小虎的爪子揮出了。

空氣中多了三道如火焰般的裂痕，直劈向眼前這隻紅色甲蟲。

這隻紅色甲蟲的外型相當奇特，全身覆蓋光亮赤紅的硬甲，長長的觸鬚，堅硬的六隻腳，身形幾乎和一隻成貓同樣大小。

天牛，對，牠像是一隻巨型天牛。

而當小虎的爪子劈向了這隻紅色天牛，其爪子威力更勝日本短尾貓的百倍，這是足以一爪劈開大地，削斷大樓的一爪。

但，這隻天牛卻沒有被劈開。

牠強硬的外殼，竟然擋住了小虎一爪。

而當牠的硬殼撐住了小虎的這一爪，換來的是小虎一聲低喵，這是對獵物的稱讚。

但就算擋住了這一爪，整隻紅色天牛仍被爪力震退，連帶將基努一起往後震退，飛過了半條走廊，直撞到人權律師旁邊。

當基努蹲下，用膝蓋與腳力，硬是停止了小虎的爪力，他的旁邊傳來第四隻猴子人權律師的笑聲。

「老三啊。」人權律師笑著，「這隻是『紅寶石天牛』吧？居住在地底三萬公尺處，地殼與熔岩的交界，身體為了承受極大壓力，於是化成這世界最硬的外殼，這可是百大陰獸排行第六十的大傢伙呢。咯咯。你終於也亮出王牌了？」

「哼。」基努慢慢起身，手上的天牛快速爬到了他的肩膀上，兩條長長的天牛觸鬚顫動著。「你倒是識貨。」

「傳說牠卵孵化要三百年，幼蟲到成蟲又要三百年，你這隻天牛這麼大了。」這時，一旁的松子也悄然飄下。「應該有九百歲吧。」

「嘿。」基努淡然一笑，語氣中有著淡淡驕傲。「九百七十六歲。」

「你不會連『紅寶石天牛』的天敵『白鑽石鍬形蟲』也有了吧？」人權律師說，「白鑽石鍬形蟲據說住在大氣層與真空的邊界，身體又輕又薄，薄到可以割開任何物體，只有牠可以割開紅寶石天牛的身體，白鑽石鍬形蟲在百大陰獸中排行第五十九，剛好比天牛高一名。」

「兩隻蟲一見面就會廝殺，而且第一擊就會分出勝負，」松子說，「若是白鑽石鍬形蟲割開了紅寶石天牛的身體，紅寶石天牛就死了，反之，若沒在第一擊割開，白鑽石鍬形蟲就會被天牛咬死……」

「很不幸，我還沒拿到白鑽石鍬形蟲，不過，你們倒是做足了功課啊，」基努看了人權律師和松子一眼，「有朝一日要對付我？想搶第三隻猴子的位置嗎？」

「嘿嘿，我們哪敢啊。」人權律師和松子同時冷笑，「你可是我們最尊敬的三哥呢。」

就在三人說話之際，一爪將紅寶石天牛打飛的小虎卻沒有繼續追擊，牠前腳微蹲，維持著備戰的姿勢。

牠會備戰卻不追擊，是因為牠已經感受到了另一股更強的威脅。

就是這股威脅，有如絲絲縷縷的鋼線，纏繞住牠重傷後的四足，讓向來狂傲的牠，也不得不慎重以對。

這股威脅鋼線的源頭，就在小虎的身後，就是蓉蓉拘禁室的更後一間。

整個拘禁室長廊的最末端，那個曾經傳來低沉女音的房間。

「小虎？你現在叫做小虎嗎？我記得你，你也記得我吧，所以才會這麼顧忌我。」那聲音，慢慢地從拘禁室流瀉出來。「你是尊貴無比的陰獸，掌握天地的十二陰獸，你就是夜影！」

夜影。

十二陰獸中，如虎般的身軀，能自在操縱夜晚的能力，小虎果然是十二陰獸之一。

而這人是誰？又為何令尊貴的十二陰獸如此顧忌？

「雖然我身在監獄，但可別以為我是被抓進來的，待在這裡可是我自願的喔。」那人慢慢地走出了拘禁室。

拘禁室那些一條條的鐵柱呢？

不見了，竟然不知道何時，就在這人面前，無聲無息的破碎、裂開，然後消失了。

「當時我找上無道，對他說，罪犯最安全的藏身處就是躲進監獄裡，我還和無道打賭，只要他能打贏我一次，我就甘心被你移送到政府裡，你猜猜，無道有打贏我一次嗎？」

無道有打贏我一次嗎？

小靜聽到這句話，忍不住倒吸了一口涼氣，因為在數分鐘前，她才見識到無道的可怕，「魔之土星環」能將任何物質高速旋轉，化成強大穿透子彈的怪物，連小虎都只拿到一個慘勝……

這樣強到天理難容的無道，竟然一次都沒有打贏這個人？

「無道也是一個講信用的人，所以我就安心住下了，更在這監獄自由來去。」那人輕笑著，「我的能力，夜影是知道的，而我的身分，牠也是知道的，畢竟我們曾經效忠同一個人……我就是『那個人』手下的第一人。」

『那個人』手下第一人？

小靜鼓起了勇氣，慢慢地回頭，看向了聲音的源頭。

這個正從最後一間拘留室走出來的人。

長髮，黑色且明亮的雙眼，身材高挑，笑容中帶著一股令人著迷的任性，這樣的容貌，小靜竟感到有些熟悉……

「我就是十隻猴子裡面的第二隻猴子……」那女人歪著頭，長髮散落一邊肩膀，露出甜甜的笑。「我叫做霜。」

然後，小靜想起了這股熟悉感來自哪裡了！

學姐！

這女人好像學姐！

「今天，召集令只有一個目的，那就是……」這個神似學姐的高挑美女微笑著，她的道行，正如一朵沉重無比的烏雲，籠罩住整條走廊，每個人每隻貓都感受到她的壓力，而靜默無法動彈。

「是什麼？」小靜聽到自己的嘴巴打開，發出了乾啞的聲音。

「那就是……七殺歸位。」

七殺歸位？

此時此刻，小靜突然有種預感，她可能無法脫離這場惡夢了，永遠永遠無法脫離這場惡夢了！

誰，能救救我？

學姐？或者是學姐的誰？能夠來救救我？

此刻，小靜因為不安而微微擺動著她的頭，綁著她馬尾的藍色髮飾，似乎也感受到什麼，微微泛起了藍光。

陽世，此刻，凌晨四點。

一個離小靜、蓉蓉、小虎與群貓身處的警局不遠處，一雙眼睛，從陽世某大樓十六樓裡的一個柔軟的枕頭上，睜開了。

這雙眼睛不大不小，乍看之下頗為平凡，但眼神中卻透著一股清澈的英氣。

這雙眼睛說不上美麗，但絕對屬於一個領導者的雙眼。

這雙眼睛的主人，慢慢起身，她稍稍整理了她及肩的長髮，來到專屬的小廚房，手腳俐落地泡了一杯咖啡。

凌晨四點半泡咖啡，對這女孩來說，並不尋常，但她卻知道，此刻的她需要清醒。

需要清醒的原因，是因為剛剛的夢。

這是她夢過，最荒謬、最古怪、最亂七八糟，卻也是最真實的一場夢。

她夢見了小靜，那是她最好朋友琴的學妹。

夢中，這個學妹，為了拯救自己的歌唱好友，竟隨著一大群貓進入了鬼的世界……進入鬼的世界就算了，竟然還跟陰界裡面的警察打成一團，最後硬是把自己的好友蓉蓉，救了出來。

但，救出來就結束了嗎？不。

當小靜這學妹就要帶著蓉蓉離開之際，另一組人馬又出現來阻止她了，而且這組人馬似乎更變態、更可怕，這一次，小靜好像逃不出來了。

這雙眼睛的主人苦笑了起來，難道是因為自己送了學妹那個髮飾，所以她在夢境中，都是以那個髮飾的視角，在觀察這一切嗎？

如今，她輕輕倚靠著廚房的流理台，聞著逐漸蔓延開的咖啡香，她沉思著。

這肯定是夢，但未免也太真實了，不，不能說太真實，而是直覺告訴自己，這是真的。

這麼多年來，她的直覺給了她精準無比的判斷，帶領她成為同儕之間的佼佼者，讓她擁有了一間專屬於自己的公司與為數不少的房產，所以她深信自己的直覺。

而直覺告訴她，就算再荒謬，她剛剛的夢，也是真的。

而且，她必須做點什麼……

就算實在荒謬到，會讓人以為她是神經病，會讓人以為她是因為工作壓力太大需要去看醫生，她也需要替這個琴的學妹，做點什麼……

「既然下定了決心，就要貫徹。」這是她的信念，於是她放下咖啡杯，拿起正在客廳小桌充電的手機，打開了通訊 APP。

遲疑半秒之後，她寫下了這幾行字：

「嗨，很抱歉這麼晚打擾大家，大家還記得大學時期，我們替『琴』的營隊，準備熱湯的事情嗎？我現在又要麻煩大家了，這次是琴的學妹小靜，我想請大家幫忙集氣，把她帶回來，其實不用做什麼，只要想著小靜，任何事都好。」

「也許你們會覺得我瘋了，我想也是，但如果你們相信我，請不吝惜把訊息繼續傳下去，傳給任何一個認識小靜與琴的朋友，傳給任何一個想幫忙的朋友。」

最後，小風笑了。

是啊，實在太荒謬了，但是如果琴還在，一定會拍手大笑，然後全力加入吧。

「我們一起把小靜帶回來吧，各位老友。

小風 敬上」

場景拉回陰界，監獄外的長廊上，貓街之主小虎出手了。

事實上，這是小靜從未見過的小虎，在小靜過去的印象中，小虎總是慵懶、驕傲，且帶著如帝王般的尊貴。

這些優雅的形象，與現在的小虎，截然不同。

小虎，身形巨大如虎，通體墨黑，身體周圍散發著如同烈焰的黑火，周圍任何的光，都在黑火邊緣被散射、扭曲，最後被黑暗吞噬。

然後，這隻黑火之虎，高高躍起，發出驚天動地，震耳欲聾的怒吼，朝著眼前這酷似琴姐的霜，猛撲而下。

這聲巨吼，讓群貓同時縮起身子，群蟲像是煙霧般往走廊末側竄逃，甚至讓松子摀住耳朵，人權律師臉上變色發青，讓基努閉眼咬牙……

但是，卻沒有讓霜有一絲改變。

「我說夜影啊。」霜昂著身子，雙手扠腰，面露淺淺的笑。「當年我們兩個並列七殺底下，難分高下，但此刻的你，才慘勝甲級星無道，重傷未癒……你以為這聲大吼，嚇得了我嗎？」

然後，小靜發現，小虎的身子猛然一晃。

隨即像是砲彈般往後彈射，撞到了長廊的底端，甚至直接撞入牆內，撞出了一個大洞。

而且，小靜連霜怎麼出手的都沒看到，霜就已經出現在牆壁破洞口，然後右手高高舉起，朝著洞內猛拍下去。

一股淬藍色的冰氣湧現，讓小靜忍不住打了一個寒顫，連旁邊的蓉蓉都忍不住伸手抱住了小靜。

「好冷……」

連身在周邊的小靜與蓉蓉，都感到寒冰刺骨，那身在冰氣核心的牆口呢？

這一瞬間，洞口冰封，變成一團冰藍色的硬塊。

「如果零下兩百七十三點一五度是絕對零度……到了這個溫度時，所有的原子都會停止運動，世間萬物會回到最寂靜的狀態。」霜微笑，「為了表達對老戰友的敬意，我直接給你零下兩百七十度，更是我的十成功力。」

洞口中，深藍色冰塊，深深鎖著小虎的身軀。

「加上我獨特的技『冰柩』，以你現在受傷的身軀，最快出來的時間，也是明天早上了吧。」霜回頭，看著小靜。「接下來，我們該認真處理一下妳嘍。」

「我……處理一下我？」

「是啊，七殺召集令已經啟動，但妳卻只是一個尚未真正死亡，一半陽世一半陰界的殘魂。」霜看著小靜，「更別提，一丁點記憶都沒剩下，這樣的妳，要怎麼統治十隻猴子？」

「那，那妳想幹嘛？」

「既是殘魂，那就讓魂魄完整吧。」霜手心前伸，掌心對著小靜。「首先，是讓妳留在陰界。」

說完，小靜只覺得眼前一陣藍光閃過，藍光華麗而炫目，包圍住了小靜。

小靜感到手腕一陣冰涼，竟是被套上了兩個冰製的手環，手環上面雕塑凹凸分明，映著藍色冰光，頗為美麗。

「這是……」

「這是掌冰者的一點福利，我能以冰形塑出任何我想要的物體，這招叫做『冰枷』。」

霜笑，「掌冰者，和掌電者、掌火者、掌風者一樣，都是陰界掌握自然元素的陰魂，可都是很強的喔。」

小靜微微發抖，陰界？這是一個什麼樣的世界？是夢嗎？如果是夢，又該怎麼醒呢？該怎麼樣才能清醒過來，回到熟悉的世界，那車水馬龍，樓下有早餐店，每天早上按下鬧鐘後還能在棉被裡賴床十分鐘的……正常世界呢？

就在小靜遲疑之際，她周圍的貓群們，已經同時鼓譟起來。

牠們就算沒有了領袖夜影小虎，牠們可是還有不容侵犯的貓街尊嚴！

就在第一隻黑鬍貓發出怒吼似的貓叫之後，數十隻貓就這樣同時躍起，或大或小，或尖吼或威嚇，帶著牠們與警察激戰後受傷的身軀，同時朝著霜的方向撲去。

就在牠們一起撲去的同時，小靜突然感到心臟一跳，一股極度不祥的預感湧上了心頭，她放聲尖叫：「別去！你們不是她的……」

下一秒，小靜就看見了她最不忍看的畫面。

那是小靜必須閉上眼，別過頭，才能忍住眼淚的一個畫面。

這些一路上將小靜從醫院帶出來，像是侍衛，像是朋友，像是這趟夢境中的開路者的群貓……

就這樣，被無數憑空出現的冰柱，硬生生貫穿了身軀。

數十根密密麻麻的冰柱，從地板，從天花板，從牆壁中突然出現，架出一張可怕奪命的尖刺大網，瞬間將跳到一半的貓群，全部貫穿。

貓血，就這樣順著身軀不斷流出，將透明的藍色冰柱，染成透亮的粉紅色。

而貓群中，還有幾隻黑鬍貓道行較高，牠們掙扎了幾下，用力折斷了冰柱，帶著滿是鮮血的身軀，一步一步朝著霜的方向而去。

血不斷滴著，滴出了幾條長長的血路，但黑鬍貓們卻沒有停步的意思，牠們咬著牙，嘴裡發出憤怒的呼嚕聲，緩慢地朝著霜而去。

「這麼多年了，這些貓的個性還是這麼拗？和夜影根本一個樣啊！」霜眼神閃過一絲冷光，「這樣的對手，對十隻猴子而言，殺起來特別有味道哩。」

說完，霜的右手輕揮，纖細手指有如指揮家揮舞棒子，滴滴華麗的冰晶在她的指尖串接成一個如同圖騰般的美麗符咒。

然後，當圖騰在霜的指尖結束，空氣中，已然出現了百餘顆冰珠。

冰珠如小指大小，渾圓透亮，美如深海珍珠。

「去。」霜手一揮，百枚冰珠頓時如子彈般疾射而出，劈哩啪啦的全數射向了跛行而來的黑鬍貓們。

鮮血，與冰珠同時濺開，不斷地濺開，濺開。

「不要！」小靜大叫著，「不要！不要再殺了！」

「求情沒用，這可是妳教我們的呦，老大。」霜手上的冰珠不斷出現，然後不斷化成高速子彈，將黑鬍貓身體射得血肉模糊。

就在黑鬍貓終於倒地時，三個白色的影子陡然出現，牠們發出憤怒無比的咆哮，在冰珠之雨中奮力前進。

「百大陰獸中排行六十六、六十五、六十四的三隻白鬍貓嗎？」霜依然笑著，「你們也趕過來被殺嗎？」

說完，霜雙手同時舉起，指尖舞動，如同指揮著百人交響樂團的指揮，指揮著更多、更密、更尖銳的冰珠。

「這是零下兩百一十度的冰珠。」霜低喝，「品嚐看看吧。」

千顆冰珠朝著三隻白鬍貓轟炸下去，強壯的緬因貓、高雅的暹羅貓、高速的日本短尾貓，全都被千顆冰珠轟中，鮮紅的血胡亂噴出。

但，牠們卻還在前進。

踩過地面的黑鬍貓與群貓屍體，牠們沒有任何一絲要放棄的打算。

「不可以！不可以！」小靜哭著，大叫著。

冰珠四濺，鮮血點點，貓群不怕死地不斷往前，想要阻止眼前的女人，想要保護小靜離開。

「不可以！」小靜聲嘶力竭，哭得滿臉淚痕，但也就在這一瞬間，她聽到了……一個聲音。

她分不清楚這聲音是來自旁邊的蓉蓉？還是她自己？抑或某個風鈴的響聲？總而言之，憤怒至極的小靜，做了一件她以前憤怒時，絕對不會做的事！

她一邊尖叫，一邊將她尖叫的聲音，賦予了旋律，給予了歌詞，讓她的憤怒，變成了歌聲。

是的，是歌聲。

悲極怒極狂極的小靜，竟在這個時候，張開了口，唱起了歌。

但也在歌聲響起的同時，基努的神情突然扭曲，人權律師一屁股坐在地上，松子甚至直接轉身，往長廊盡頭逃去。

這歌聲，是〈夜雪〉。

情緒如海潮，小靜只能唱起腦海中唯一的一首歌，便是〈夜雪〉，曾經掀起巨浪，讓百萬聽眾如痴如醉的深淵之曲，〈夜雪〉。

而這首〈夜雪〉，小靜有了她獨一無二的唱歌對象，那就是霜。

正在以零下兩百一十度低溫的道行，虐殺群貓的……第二隻猴子，霜。

歌聲中，冰珠顫動，凝滯在空中，再也沒有射出半顆，而冰珠的核心，霜看著小靜，靜靜地看著。

歌詞深沉而神秘，在長廊中迴盪著。

「老大。」霜的美麗藍色雙眼中，閃爍著複雜的情感，那是融合了懷念、無可奈何，還有一點興奮的情緒。「我可是真心期待妳回來的呦，何必這樣呢……」

何必這樣呢？

下一秒，一陣酒氣巨浪突然湧現，巨浪來得快又猛，瞬間淹沒了霜。

但浪雖強，有淹沒霜嗎？沒有，她是霜，她是道行還在無道之上的第二隻猴子，她背後長出了一對巨大的冰羽翅膀，從大浪中硬是衝了出來。

「零下兩百六十度。」霜全身都是濃烈的冰氣，甚至直接凍住了小靜的狂酒之浪。「只是殘魂的老大，妳還動不了我。」

喵。

下一瞬間，霜臉色驟變，因為她聽到了那個聲音。

從破掉的牆洞中傳來，從零下兩百七十度的冰柩中響徹而出，充滿了暴怒，殺意，驚天動地的一聲，喵。

「好樣的。」霜回頭，「好一個夜影！如此重傷，還困不住你啊！」

喵聲來了，冰柩破了，伴隨著不斷滾動的巨大冰體，小虎出來了。

在小靜的〈夜雪〉歌聲下，所有的技都會減弱崩解，這讓小虎被放出來了，並如猛虎破柙而來了。

短短的五十公尺長廊，小虎用了零點零五秒就到了霜的面前，然後當牠抵達，牠的身軀已經大到等同一輛卡車。

貓牙，轟然咬下。

冰羽盡碎，冰體爆裂，霜整個身軀被小虎利齒咬穿，血柱往外狂噴。

當霜垂然落地，小虎叼起了小靜，貓爪將蓉蓉勾住，同時抓起滿地的白鬍貓，黑鬍貓，以及分不清楚是死是活的群貓……甩上了牠的背部。

然後小虎有如一台失控的卡車，就這樣衝出了長廊，撞出了警察局，消失在無盡的黑夜中。

長廊上。

霜躺在地上，她滿身鮮血，但這樣的傷確實殺不了她。

「老大果然是老大啊。」霜淡淡地說，「這首〈夜雪〉，雖然只有當年的一成功力，還是有其可怕之處啊。」

「那怎麼辦？要追嗎？」基努看著霜，「若是夜影，我們怕追之不上。」

「別擔心。」霜閉上了眼，「他們逃不掉的。」

「咦？」

「你們可知道，這幾年為何猴子們來來去去，不斷更換，但我從來沒有換過第七隻與第八隻猴子？」

「欸？」基努三人互望了一眼。

「他們兩個，各自在自己的幫派有自己的位置，加入猴子只是為了取得情報，而且某種程度上認同我們猴子的想法，那就是……『要建立陰界秩序，抗衡政府，就需心狠手辣。』」霜笑，「他們兩個，若單一個我可取勝，但若兩個聯手……連我也贏不了。」

「連甲級星的霜都……贏不了？」

「是的。」霜目光之中，閃爍著一絲冷酷。「就讓墨色大刀與琉璃雙斧，……來替這場『七殺召集令』畫下最後句點吧，嘿嘿。」

陽世。

現在是凌晨四點三十二分，對絕大多數的人來說，這正是熟睡期末期，從最深的睡眠中緩緩回到淺眠，然後靜待鬧鐘響起，把人類從夢的汪洋中濕淋淋地拉起，回到清晨明亮的世界。

應該是熟睡的時間，這時候發出的任何簡訊，應該都像是投石入深海，沉靜無聲的。

對丟石頭的人小風而言，她確實是這樣想的，更有著要親自撥通電話，犯下從此不再聯絡的風險。

而她所丟的石子，正是來自一個連她自己都無法解釋的預感。

時間，一分鐘。

小風抓著手機，她心中暗暗計算，她剛剛共發出了四十三個人，這些人有些是琴和她共同的同學，有的是當年的社團夥伴，還有一些她們出社會後，共同認識的朋友。

這四十三個人之中，有幾個會回應這奇怪且愚蠢的簡訊呢？

目前數目，是零。

時間，兩分鐘。

小風想著自己剛剛的夢，她似乎是透過那個「髮飾」看到一切，暴力狂亂的警察局激戰、血腥恐怖的各方豪俠、英勇卻已經即將潰敗的貓群……這樣的夢，如此真實且荒謬，但小風卻莫名其妙地相信了。

是的，她相信了。

而且她相信小靜她們需要力量，於是她發了這簡訊，目的只有一件事，就是一起祈禱。讓小靜回來的祈禱。

回應人數，依然乾淨是零。

時間，兩分三十秒。

小風將手機抓在掌心翻弄，內心盤算著究竟誰會回訊？手機上那四十三個人的名單，多半是奇形怪狀的綽號，有些小風都快要不確定他們本名為何了？

阿豚？印子？胖子？萊恩？少年H？阿努比斯？貓女？小特？雷蟲？阿山？小七？鈴學姐？阿D？小雨？雷？蓮？

此刻回應的人數，一如預期的，是零。

時間，兩分四十秒。

小風暗暗決定，如果真的沒有人回應，那她就打電話吧。從誰開始呢？啊，就從阿豚開始吧，這傢伙現在好像在當工程師，這麼血汗的工作，一定對半夜接到電話感到很習慣。

回應的人數，零。

時間，兩分五十秒。

小風將手機畫面切到了電話數字鍵盤，然後默背了阿豚的電話，打算一口氣按下這十個號碼之時，忽然……

手機叮咚了一聲，畫面的上方，竟然真的跳出了一個訊息。

「小風，我是少年H，沒問題。」

H！小風腦海中瞬間浮現了H的模樣，一張少年的臉孔，比誰都深沉穩重的個性，偶爾的惡作劇與調皮，卻比所有人都經典。

「嗨，我是小特，小靜的歌很好聽，幫我轉告給她，如果她有困難，我一定會幫忙，沒問題。我們也很久沒見了，我現在NASA工作，美國現在是白天呢。妳呢？現在還好嗎？」

「小特……」小風露出不可思議的表情，她記得小特好像從小受到她爸爸的薰陶，非常喜歡宇宙與科學，甚至說過她曾經去過宇宙旅行，沒想到她畢業之後，竟然進入NASA美國太空總署工作，繼續追求她的宇宙太空夢。

然後，又是一聲叮咚。

「嗨，小風，沒想到妳會在這時間找我們耶，我們是雷和蓮，謝謝妳上次來參加我們婚禮，我們正在中國做古劍的研究，很意外會收到妳的訊息，今晚我們會一起祝福小靜回來，說到這，妳還記得劍叔嗎？我們可以多找他幫忙。」

雷和蓮？小風想起來了，他們是當年有名的班對，蓮又漂亮又溫柔，身體不太好，雷又粗獷又帥氣，兩個人現在原來一起去中國考古啊？也太神奇了吧？

然後，又是一聲叮咚。

「嗨，我是阿山，小風妳最近好嗎？最近幾年我們警察事務頗忙，唉，尤其是人們濫養寵物又隨意丟棄，造成流浪狗氾濫，今晚正好我也夢到了小靜，我會一起替小靜祈禱，沒有問題，對了，需要我找更多朋友嗎？我可以找小七喔。」

阿山？小七？小風笑了，阿山是小風和琴一起認識的警察，他當年因為城市中流浪犬咬人事件認識了小七，兩人有點曖昧，現在半夜還可以找小七？表示他們關係更進一步了吧。

然後，又是一聲叮咚。

「嗨，我是胖子，小風最近好嗎？我們很多年沒見了吧，上次見面好像是一起玩鬼牌？還是在地下道偶然遇見？嗯真的忘了，但真巧我也夢見了小靜，正打算祝福她呢，我可以順便找阿狗、小智和大華。」

胖子？小風想起他，嘴角忍不住揚了起來，胖子這群朋友是小風見過最喜歡玩牌的牌咖，每次玩牌都玩到沒日沒夜，沒想到他們現在還有聯絡，若是聚在一起，一定又繼續玩牌吧。

然後，越來越多的叮咚聲，如春雨隨風飄至，從小風的手機中，響了出來。

「小風，我是阿努比斯，我現在人在埃及，我可以幫她集氣。」

「小風，我是蚩尤啦，我這麼帥妳一定不會忘記我的，我現在在道上混得不錯，手下很多人，我會把他們全部叫醒來集氣的。」

「小風，我是鑄劍師，私下說，我在國防部上班，我在研發飛彈，我們已經順利研發出可以超越美國的洲際飛彈了，很厲害吧！集氣這件小事，就交給我和我的工作夥伴們吧！」

「嗨，我是小曖，我很喜歡小靜的歌聲，我也很想念琴，讓我和我的機器人朋友，藍雪女、土砲公、釣魚叟，還有重要的……解謎師，一起為她們集氣吧。」

時間，兩分鐘五十五秒。

小風看著手機上滿滿的訊息，她忍不住感動得想笑又想哭，好想念大家喔，不知道大家過得怎麼樣？

終於，在三分鐘整，第四十三個訊息，終於到了。

「嗨，小風，我是阿豚，好久不見，聽說妳這幾年混得不錯，琴過去之後，我偶爾會想起大家，但不知道怎麼的，就是沒辦法聯絡大家，但今晚我莫名其妙的夢見了小靜，我夢見她被困在一個古怪而神秘的死後世界，更神奇的是……我認為，琴也在那裡，而當我驚醒，我看見了妳的訊息。」

「太神奇了，這個時間，四十三通訊息，竟然全部到齊。」小風閉上眼，「謝謝大家。」

然後，當小風再次睜開眼，她手指紛飛，在通訊軟體寫下了一行字：

「今晚，大家願意一起替小靜集氣嗎？」

短短三秒，如大雨般的訊息叮咚聲，在小風的手機中響起。

四十三則訊息，寫了一模一樣的兩個字：

「願意。」

這個時刻，所有人都閉上了眼，在這眾生皆睡的清晨時分，這一群與小風、小靜，和琴有著淵源與羈絆的人們，他們醒著，他們想著，他們做著一件看似古怪，卻充滿著深刻情感的事。

那件事，就是思念。

思念著小靜。

思念著所有人曾經擁有的回憶，一同歡笑過、憤怒過、大哭過的年代，還有當時身邊的人。

然後，就在陰界的天空，出現了第一條細細的亮黃色細線。

細線從小風的屋子中竄出，往上不斷拔高，高入了夜空深處，接著一個完美的弧線往下繞去，繞過層層屋子，穿過層層地板，最後落到了一個綁著馬尾的女孩身上。

這女孩，正是小靜。

緊接著第二條細線、第三條細線、第四條細線，轉眼間，二十條、三十條、四十三條，甚至是更多，細線勾著細線，細線牽引纏繞著細線，不斷從城市的各個角落升起，在空中迴轉一圈之後，往下直落，落到了同一個女孩身上。

此情此景，有如美麗的城市煙火，溫柔而靜謐的，籠罩住陰界夜空。

思念之繩，透過小風的手機，透過四十三個人的回想，已然繫上了陰界小靜的藍色髮飾上。

接下來會發生什麼事呢？而小靜，此刻正在做什麼？

她正在高速移動著，她雙手抓著長長貓毛，乘坐在一頭巨貓之上，迎著狂風，在城市中忽上忽下，忽左忽右，在建築的縫隙間狂奔前行。

巨貓上，其實不只有小靜，還有她的好友蓉蓉，以及全身是傷，無法動彈的貓群，而巨貓之所以如此發足奔馳，是因為牠必須快……快點離開警局範圍，快點進入貓街，快點回到自己的地盤之內。

而這隻巨貓之所以如此急躁，其實還有另外一個原因，那就是牠嗅到了，兩個人影，有如鬼魅，悄然跟在巨貓的身後。

以巨貓如此的速度，已經等同一輛油門狂踩的法拉利，但這兩個人影，竟然可以緊跟在後不被甩開？

只代表一件事，他們是與無道和霜相同等級的怪物！

而且，一次還兩個！

若無法順利逃脫，貓群，甚至是小靜與蓉蓉，就怕會盡歿於此啊！

那兩個人影，正在城市中高速前進著，他們並不是靠著雙腳奔馳，而是踩在某種兵器上，在建築物的縫隙中，蜿蜒而進。

「這隻陰獸真厲害！」其中一個少年如此說，「明明就已經打了那麼多場激戰，身受重傷，卻還能有如此速度？如果牠在全力狀態，身體又沒有如此巨大化，我們應該在三分鐘前，就會被甩掉了。」

「是你，被甩，不是，我。」另一個少年用字極簡，彷彿每一字都價值千金。

「才怪，我們兩個半斤八兩好嗎？」第一個少年露齒一笑，仔細一看，兩個少年竟然如此相似，有如同卵雙生，幾乎一模一樣，但有趣的是，他們說話用的字數卻是天差地遠。

「哼哼，我們爭誰是哥哥誰是弟弟爭了這麼多年，就靠這場來分出勝負怎麼樣？誰先抓到這頭老貓，誰就是哥哥？看是你的黑刀厲害，還是我的玻璃雙斧逞威？」

「黑刀，必勝。」第二個少年嘴角揚起一個不易察覺的微笑，而他的右腳所踩，正是那一把巨大俐落，宛如大鐵塊的黑刀。

只見他右腳微微往下一壓，立刻帶動腳下黑刀一個迴旋，速度陡然提高，化成一條鋒利直線，朝著巨貓直衝而去。

「我的雙斧才是真正的王道啦，給我變化啊！迷離雙斧！」第一個少年大笑，原本被他踩在腳下的雙斧，表面流動著燦爛的光芒，然後有如一團流動細砂，變化出全新的形狀。

雙斧的斧面往外延伸，變得又扁又寬，有如兩道飛狐的羽翼，兩根柄部則合而為一，並往上延伸成一個三角形，酷似鯊魚背鰭，竟是一張滑翔翼！

這張高速滑翔翼，就這樣帶著少年在空中一個盤旋，朝著巨貓方向急衝而去。

而底下的巨貓也感覺到背後兩名追蹤者速度突然加快，距離更因此被猛然縮短，牠發出一聲喵之後，貓爪往後一揮，六道鋒利爪痕，兵分二路，一路三爪，分別朝兩人攻去。

「就算你是傳說級的陰獸『夜影』，一旦受了傷，爪子也不夠勁哪。」執雙斧的少年大笑，面對轉眼將至的裂空爪痕，他毫不在意地大笑，同時間透明雙斧又有了變化，在前方形成一個長形的盾牌，迎向了爪痕。

緊接而來的，是三聲又長又尖銳的摩擦聲，三聲過去，玻璃盾牌上硬是被刻出三條深達五公分的爪痕，但可惜的是，盾牌上徒有爪痕，卻沒能將盾牌劈成四塊。

爪勢一盡，流動的玻璃立刻將爪痕填滿，彷彿這一貓爪從不存在。

而除了飛向雙斧少年的三爪之外，另外還有三爪，以撕裂天空的氣勢，疾衝向另一個黑刀少年。

黑刀少年沒有像雙斧少年般有這麼多花招，他只是一個翻身，讓黑刀從腳下，變成到他的掌心。

「破！」

一聲如雷低喝，他黑刀揮下，砍向三爪，轟然一聲，三爪裂散，在空中化成片片碎塊，再也無任何傷害力。

以硬破硬，沒有半點取巧，此黑刀少年實力之強，委實可怖。

而巨貓連出六爪，都沒能稍微阻擋背後兩位追兵，牠只能焦急地低喵一聲，繼續往前奔馳。

同時間，牠感受到了兩個殺氣騰騰的影子，已經到了牠和小靜等人的正上方了！

然後，落下。

黑刀與雙斧，已然落下！

這時，巨貓展現了其極度優越的體術能力，急奔中一個水平旋轉，帶著小靜等人的尖叫聲，驚險地躲過這兩個影子的突襲。

這兩個影子的雙斧與黑刀，剛好擦過巨貓身體，落在地面！雙斧帶起的攻擊如一場風暴，把地面攪得粗糙混亂，凹凸不平！

而黑刀卻單純而暴力，直接在地面貫出一個深不見底的黑洞。

但無論兩者攻擊如何不同，是被雙斧攪得血肉模糊，或是被黑刀劈中身體直接斷成兩截，都是生死無可逆轉的重傷。

「好樣的。真會躲。但別忘了我的雙斧變幻迷離，就是專門抓你這種身體靈巧的敵人喔。」雙斧少年一笑，拔起地上雙斧，在雙臂間舞動成一片晶亮如雪的斧芒，再次朝巨貓方向追擊。

「好。」黑刀少年也同步拔刀，他的速度更快，刀更快，化成一道黑色鋒芒，刺向巨貓。

向來寡言少語的他，這聲好，已經是極高的讚美。

事實上，對小虎化成的巨貓而言，剛剛的驚險一躲，已經用盡了全力，實在無力再避一擊了。

下一擊，就真的會分出生死了。

「喵。」但就在這時，小虎卻猛然抬頭，牠敏銳的嗅覺，聞到了來自陽世的味道。那陽世的氣味，竟是來自一條從天而降的亮黃色細線。

細線又柔又韌，在空中轉了一個美麗的角度，最後不偏不倚地指向了小靜用來綁馬尾的髮飾。

這條亮線獨一無二的氣息，小虎認得，這是陽世的味道，而且是來自那個叫做小風的女孩。

「喵。」小虎的喵聲，是因為牠認出了這繩索的名字，這是……

引路索？

身為最擅長跨越陰陽兩界的陰獸，小虎認出了這條細索的最終含意……這是黃引路索，要將亡靈從陰界牽引回陽世的引路索！

那個小風是誰？為什麼能施展引路索能力？她也有星格？不，只有一般星格不足以當作引路人……她是甲級星？還是位階更高的……

小虎還沒有想通第一件事，第二件事已經緊接而來，那就是……引路索竟然不止一條？！

這條引路索顯然跟著第一條而來，而且硬生生竟然比小風的粗了一倍，帶著絕世好手的霸氣，緊跟著小風的引路索而來，精準且快速地纏到了小靜的馬尾上。

小虎眼睛微微眯起，第二條引路索是跟從小風的引路索，所以應該不具備星格，不過它的氣息聞起來有些熟悉，似乎是一個身負驚人功力的高手，小虎想起了一個地獄中流傳已久的傳說，那是來自一個叫做H的少年。

不只如此，第三條引路索，竟然也跟著出現了！

這條引路索細了些，軟了些，一路飄飄蕩蕩，但終於也掛上了小風的引路索，繫上了小靜的馬尾上。

接著是第四條引路索、第五條引路索……第六條、第七條、第八條……以至於第二十條、三十條、四十條……

整個天空，在短短的數秒內，被這一條條晶亮的黃色繩索所遮蓋，全部都指向了小靜的髮飾。

「這是什麼？」坐在巨貓上的小靜也感覺到了天空的異象，吃驚地問。

「不知道，但很漂亮。」蓉蓉在一旁說，「而且好像沒有惡意。」

「對，這些線……給我一種很懷念的感覺，嗯，真的不是惡意。」小靜感受著來自細線的聲音，殷殷切切，彷彿在低語，對小靜訴說著對她的思念。

同時間，那兩個追逐而來的少年，也察覺到了這些從天空而來的細索，他們互望了一眼。

「引路索？」持黑刀的少年神情微微改變。

「怎麼會出現引路索？引路索是極少數能跨越陰陽兩界的物質，能操縱這物質的魂魄，至少是甲級星以上。和引路索材質相近的，就是被稱作陰界麻煩寶物之一的『無情心』

啊。」拿雙斧的少年一開口，果然嘮叨不斷。「真麻煩，引路索出現，咱們的獵物就可能被拉回陽世了。」

「不只，擔心，引路索。」持黑刀少年又補充了一句話。

「我知道我知道，引路索的出現，表示陽世那頭有高手坐鎮，媽的，這高手是誰？」持雙斧的少年抓了抓頭，咬牙道。「不過看這繩索的形狀，引路索的道行不太純，還差了一點，要拉這麼多人和貓，是拉不回去的。」

「就怕，不只，甲級。」

「呸呸呸呸。」雙斧少年急忙吐了口唾沫，「你這烏鴉嘴！當時你說琴可能不是我們找的人，偏偏被你命中了！這次不會再信你了！留在陽世操縱引路索的如果不只甲級星，難不成是十四主星嗎？」

「不論，但，先斷。」持黑刀少年眼睛瞇起，一個回身，右手持刀，以更快更強的刀法，朝小靜方向追擊而去。

「對對，與其在這裡亂猜，不如先把這些傢伙全部了斷了！這樣就不用管留在陽世操縱引路索的傢伙是誰了！」

說完，他也運起雙斧，以更猛更強的攻勢，朝著在城市中急奔的巨貓撲去。

兩大高手同時施壓，更在空中互相搭配，單一黑刀居中，迷離雙斧在側，化成一團螺旋風暴，威力頓時倍增，更讓原本就得左支右絀的巨貓和小靜等人，更是險象環生。

那些從各方引來的亮黃色引路索，更因為兩大高手的攻擊，被砍得斷裂飄散，所幸第一根引路索強韌又堅固，所有斷裂的引路索都靠著它，又找回小靜馬尾的位置。

而這對雙胞胎兄弟對戰鬥的經驗何等豐富，他們頓時明白關鍵所在，不只透過武力攻擊巨貓，使牠無法逃入貓街，一方面更伺機用雙斧和黑刀，想要砍斷第一條亮黃色引路索。

只要第一條引路索斷了，後面那些追隨而來的引路索，將失去憑藉，很快就會失去追蹤的能力。

只見蓉蓉拉著小靜，語氣焦急。「這些線快被砍斷了，怎麼辦？」蓉蓉拉著小靜。

「我，我不知道。」小靜額頭上也是緊張的汗水，「但我有預感，如果這些線斷了，我們可能會回不了家。」

「那我們能做什麼？」

「我們能做什麼？」

蓉蓉在這瞬間，抬起頭，注視著眼前深邃的夜與晶亮的引路索，她內心已經有了答案。

而這個答案，就與數十天前，她決心將小靜從寂靜深淵中拉出來的決定，一模一樣。

同時間，陽世的人們也感受到了相同的困境。

『好奇怪，我剛剛認真地想了一下小靜，明明正想到最開心的地方，但馬上就忘記了？』

『我剛剛是不是睡著了?怎麼腦袋一片空白?』

『啊，想一想小靜肚子就餓了，我去冰箱看一下有沒有東西可以吃，幾分鐘沒有參加集氣，應該沒有關係吧?』

『咦?我為什麼沒有在睡覺?我剛剛好像在做什麼?想不起來……不然來打電動好了，聽說最新款的魔獸和寶可夢出了，難得晚睡，來打電動吧!』

一條一條引路索被砍斷，代表這些人的思念被中斷，而思念一旦中斷，引路索就失去拉回小靜等人的力量。

情勢，正不斷地惡化。

陰界。

「我知道我們能做什麼了!」蓉蓉深吸了一口氣，「我們不能讓那些線斷掉!」

「可是，我們能做什麼?」

「我們可以做的，只有一件事。」蓉蓉語氣堅定。

「啊?」

「我們可以唱歌。」

「啊！」小靜突然想起，就在數十分鐘前，她在拘留室的長廊外所做的那件事，也就是那件事，讓小虎得以破冰柩而出，並偷襲第二隻猴子「霜」，方能順利將他們帶出。

小靜閉上眼，心中快速默誦了一次〈夜雪〉的旋律，然後薄唇輕顫，優雅悲傷的旋律，就這樣化成一縷絲線，柔柔滑滑地從她雙唇之間流瀉而出。

看見小靜唱歌，在這一剎那，所有人確實停下了動作。

聒噪少年的雙斧、沉默少年的黑刀、奔跑的巨貓小虎，所有的人與動物，都同時感受到山雨欲來時那令人膽寒的壓力。

不過，這壓力卻在數秒之後，被一聲「咦」給打破。

「咦？」發出聲音的，是手持雙斧的少年。「我的技，還在耶？」

「……」黑刀少年也同樣看著自己手上的刀，然後抬起頭，看向正在唱歌的小靜。

小靜確實唱著〈夜雪〉，那深刻的歌詞，正透過熟悉的旋律，優雅地唱著。

但奇怪的是，沒有威力？

沒有剛剛突然中斷霜的冰雪，沒有解開小虎封印時，更沒有讓十隻猴子不斷逃竄的那種驚天動地的威力！

「小靜妳的歌聲，沒有感情。」開口的，是蓉蓉。「是因為太急了嗎？妳沒有唱出〈夜雪〉那種……絕望的感覺？」

「絕望……」小靜也意識到了相同的問題，對，此刻的她只是為唱而唱，所以一點都無法影響他人，換句話說，這樣的〈夜雪〉根本沒有效果嗎？

沒有效果的〈夜雪〉，也就是說，小靜最後一張保命符已然失效？

「既然失效，那就乖乖留在陰界吧！這裡百無禁忌！想打就打，想殺就殺，可能要習慣一下下，但是等妳們習慣了，一定會喜歡的！」雙斧少年眼睛睜大，發出大笑。「給我，留下吧！迷離雙斧！」

同時間，雙斧少年高高躍起，手上雙斧狂亂舞動，舞出一大團晶亮燦爛的斧影，朝著小靜、蓉蓉和貓群方向，捲了過去。

「喵！」小虎發出怒吼，伸出大爪，正準備展開最後的反擊。

但同時間，那黑刀少年也動了，而且快如脫兔，疾如閃電，轉眼間就已經到了巨貓的下方，然後黑刀橫掃。

黑刀掃出一個鋒利絕倫的黑色半圓，兇猛中帶著一股狠勁，就要一口氣將小虎的貓足全部斬斷。

「喵。」小虎在這一剎那，已經確實被逼到了絕境，迷離雙斧由上而下，封住了牠周身一公尺內所有的逃生路徑，而黑刀下方橫掃，則斷去牠矮身逃離的最後機會。

若在過往，牠也許可以打開陰陽之門，一躍而入，但此刻牠身負小靜、蓉蓉，以及數十隻重傷的貓，牠可以逃，但其他人肯定會被捲入雙斧與黑刀的刀刃漩渦中，化成一塊塊殘肢碎肉。

若牠身上沒有經過無道與霜連番激戰的重傷，牠也許可以舞動貓爪，硬是架開雙斧，雖然會再多帶點傷，卻可以從攻勢較弱的雙斧那頭找到破口，突圍而出。

不過，這些也許，都已經無法證實了。

因為此刻的牠，激戰，奔逃，保護夥伴，牠已經連抬起一隻腳都感到乏力。

牠確實已經無力在這對雙胞胎少年的完美組合攻勢下，安然逃脫。

敗了。

貓街之主，即將在陰界，成為一個令人嘆息的傳說了。

然後，就在這一瞬間，牠聽到了一個歌聲。

「玫瑰玫瑰最嬌美，玫瑰玫瑰最豔麗……玫瑰，玫瑰，我愛你……」

一個不屬於小靜，但卻更嫵媚、更低沉，歌藝絕對不在小靜之下的美妙歌聲。

在戰場之中，溫柔且優雅地飄揚了出來。

歌聲出現。

戰局，再次奇蹟扭轉。

這次的歌聲，沒有讓技因此失效，反而大幅增加了技的能力，只是增幅的對象只有一個，那就是小虎的貓爪。

原本要被數十道從天而降的斧影，給拆解成四、五十塊碎片的貓爪，突然加快，力道加強，體積更大了一倍有餘。

如此驚人的改變，讓原本勝券在握的雙斧少年，一時間失去了分寸。

分寸一亂，在這種瞬間生死的頂尖高手對決中，絕對是大忌。

於是，啪啪兩聲巨響，雙斧被小虎貓爪一把揮開，緊接著貓爪已經穿入雙斧少年的胸口。

「吼啊。」雙斧少年大吼一聲，卻見到一道黑影凜冽降臨，咻的一聲削去貓爪尖鋒，雙斧少年往上看去，這道黑影在空中盤旋飛舞，竟是那把黑刀。

黑刀出手，自然是黑刀少年的傑作。

「你發愣？不要命。」黑刀少年皺眉。

「那歌聲，有鬼！」雙斧少年大叫，「剛剛那一瞬間……貓爪變大了！」

「變大？」黑刀少年眉頭一皺，目光轉向這低沉歌聲的源頭，那俏麗短髮，微帶豔麗的五官，這次不是小靜，這次是……蓉蓉！

剛剛那首〈玫瑰玫瑰我愛你〉，演唱者，正是蓉蓉。

而被黑刀少年瞪視，蓉蓉只覺得背脊微微發涼，正要縮到小虎身軀另一側，忽然，她聽到了一陣陣群貓的喵聲。

喵喵喵喵喵，喵喵喵，喵喵喵喵，這些貓叫聲雜亂且高昂，其中隱含著興奮與雀悅。

於是，蓉蓉轉頭朝貓咪的方向看去，那是滿天的亮黃色絲線，正不斷如雨瀑般落下，閃爍著耀眼的金光，最後全部落在小靜的馬尾髮飾上。

因為雙斧被震開，黑刀脫手救人，使得兩大高手產生了空隙，所有的引路索，終於全部接合在一起了。

引路索，來自小風、阿豚、小特、H、阿努比斯等等……從四十三人，蔓延到數百人，甚至上千人的引路索，正閃耀著其熱切的光芒，要將它的目標，引回故鄉。

那個故鄉，叫做陽世。

「回家了！」小靜這一瞬間，閉上了眼，她的手，牽住了蓉蓉的手。

「嗯，好像真的可以，回家了。」而蓉蓉的手，也找到了小靜的手。「這場惡夢，就要結束了。」

「是啊。」

「就要結束了。」

然後，所有的引路索同時發光，將小靜、蓉蓉、小虎，所有的貓咪全部捆在一起，緊接著一陣猛烈而燦爛的橘黃色光芒，照得小靜的眼睛連睜都睜不開。

「沒那麼容易！」那黑刀少年突然提氣一喝，「留下！」

所有人剎那間回頭，看見一柄黑刀，竟然逆勢而來，穿過了橘黃色光芒，就要射中小靜。

這柄黑刀，被灌注了少年十成的功力，竟後發先至，就要將小靜擊落，讓她墮入陰界，從此回不了陽世。

事出突然，所有人包括小虎，都來不及反應，眼看這柄黑刀就要穿入小靜的背，並將小靜從小虎的背上擊下。

「不可以！」小靜聽到身旁那女孩熟悉的呼喊，同時感覺到背部被人一推。是蓉蓉，蓉蓉將小靜推離了黑刀的範圍，但下一秒，她卻因為失去重心，從小虎貓背上摔了下來。

在小靜的尖叫聲與群貓喵喵聲中，蓉蓉脫離了貓背，往下墜落，她的眼睛看著小靜，小靜也看著她。

「蓉蓉，不要！」小靜大哭，但此刻的橘黃色光芒完全轉為白色，陽世的門已經完整開啟，並將所有的人包住，轉眼間，就要由陰到陽，由黑暗轉為光明，他們就要回家了。

而蓉蓉，已經脫離了引路索的範圍，她，回不去了。

所有的引路索都牽連著小靜的藍色馬尾，沒有一條引路索是給蓉蓉的，換句話說，蓉蓉一旦脫離小靜的周圍，她就回不去了。

這場賭命的拯救任務，蓉蓉終究是沒法回去了。

沒法回去了……

沒法……

然後，天空中忽然出現了一條橘色的亮線。

安靜、堅定、純粹，且強大，筆直地從空中而來，而且這條引路索的終點，不是小靜，而是……蓉蓉。

蓉蓉吃驚，但這條引路索的前端最後停在自己的胸口，精準無比的，對準了自己的心。

「啊——」小靜啊的一聲叫了出來，「這是？」

「是誰……」蓉蓉伸手抓住了引路索，然後她從她的雙手中，感受到了一股這麼多年來，她從未感受過，卻是內心一直企盼的情感。

那融合了蓉蓉的歉疚、疼愛、焦急、擔憂、期待，以至於遠離，變成互相誤解的情感。就這樣從這條引路索中，傳遞了出來。

這一剎那，蓉蓉知道了這根引路索的來歷，更知道這根引路索不是從今晚就有，也許已經一年、三年，甚至長達了十年。

整整的十年，是一份來自父親的愛。

「爸爸。」蓉蓉哽咽，「你一直，在想念著我這任性的女兒嗎？」

你一直在想念著，我這個任性的女兒嗎？

接著，引路索整個拉高，一口氣將她拉回小靜的身邊，也在同一瞬間，橘黃色亮光結束。

劇烈橘黃色光芒之後，所有貓群與人們，也一起失去了蹤跡。

只剩一片空蕩蕩的陰界街道，只剩下兩個一模一樣的少年背影，正凝視著這團橘黃色亮光的消逝。

「那，引路索，好純……」黑刀少年低讚，「竟可以無媒介，直接連到陰魂上？」

「這已經是寶物無情心的等級了。」雙斧少年咬牙，「這女孩這十幾年一直有人在思念她啊，這樣的引路索還真的了不起呢。」

「嗯。」

「不過我們還有另外要煩惱的事呢，我們跟丟他們了。」拿著雙斧的少年搔了搔腦袋。

「欸，回去還要面對那個兇巴巴的霜，有點給他頭痛。」

黑刀少年沒有說話，只是凝視著那團已然消散的橘光殘影。

「欸，其實如果剛剛你的黑刀不要來救我，我們應該可以抓下這群人，你應該比我清楚吧。」

「……」

「好啦，我知道，你一定又不說話，如果我繼續說，你又會提起二十幾年前的事情，那是我們認識琴姐之前的事情。」雙斧少年吐出了一口氣，「咱們兩個生為雙胞胎，就是注定要互相虧欠，嘿，不是嗎？」

「不，虧欠。」黑刀少年終於開口，他拾起黑刀，收入背部刀匣之中，轉身邁步而走。

「話總是這麼少？你說的是不欠我？還是不打算虧欠？還是你覺得沒有欠我？」雙斧少年雙手也收入了背後的斧匣之中，朝著黑刀少年奔去。「是吧，小傑弟弟？」

小傑。

這個黑刀少年，竟是當年的十字幫，效忠武曲，後來追隨琴，之後又叛逃，逆殺天使星小天的地劫星，黑刀小傑。

「不是。」小傑的話，一如當年的言簡意賅。「小才，是弟弟。」

這位手持玻璃雙斧，斧法變化多端，美麗卻如鬼魅的少年，正是地空星，小才。

「哈哈，誰是弟弟這件事我們會吵多少年哩！」小才大笑，「等我們追隨真主，完成這次的易主之後，再來好好的算出這筆帳吧！」

月光下，兩個背影完全相同的少年，一前一後，朝著街道的另一頭前去。

而剛剛才經過一場激戰的街道呢？如今又恢復了原本的空寂……

但這片空寂之中，卻有什麼東西動了兩下。

微小的，肉眼幾乎不可見的，一隻什麼動物動了兩下。

終於，牠的形象被確定，那是一隻老鼠。

一隻微小幾乎與毛髮等寬，小到肉眼幾乎無法辨識的老鼠，竟然出現在這裡？

而這樣微小的身軀，不就是與夜影同列十二大陰獸，被琴以一招天雷劈到重傷的……

「微生鼠」嗎？牠為何會出現在這裡呢？

只見這隻老鼠東嗅嗅，西嗅嗅，似乎正在蒐集這氣味與情報，等到蒐集全了，牠心滿意足地昂起頭，吱吱叫兩聲。

然後邁開四足，有如靈巧的黑點，開始奔跑起來。

牠跑的速度極快，不斷在街道的暗處鑽行，鑽過一條又一條街道，轉彎，又是一條又一個條道……

直到，牠最後鑽入了一棟豪華氣派，美侖美奐的大宅中，從此不再見到牠的蹤跡，而大宅古老巨大的門上方，一個巨大牌坊懸吊著，上頭的工整字體中，透著一股冷峻的蒼勁有力，那兩個字是這樣寫的：

「紅樓」

第九章・另一個男人

柏，一手提著黑矛，矛身上的血跡還未乾，止昂首走在政府大樓的長廊上，他的背後，跟著一頭全身黑毛的巨犬。

他停下腳步，停在一張空的深紫色王位之前。

王位的下方兩側，共被放了六張豪華大椅。

最靠近王位的豪華大椅，位在王位左側第一張，椅子呈深黑色，以上古檀木打造而成，上頭坐著的男人，面目莊嚴，霸氣如君臨天下，他正是此刻政府的主政者，天相星岳老。

王位右側第一張，則是空的，但從這張椅子是平靜白色，還綴著一串細緻風鈴來看，原本該坐此位的，應該是一名女性。

王位左側的第二張，代表地位第三尊榮的椅子，外型最為簡樸，坐在上頭的人，形貌也較無霸氣，消瘦的身材，留著小小的鬍子，但能在偶然之間，感受此人明亮如電，深沉如海的目光，他是政府最聰明之人，天機星吳用。

王位右側的第二張，也是位列第四的王者，他的椅子為一對兩張，兩張椅上纏繞著粗大黑色鐵鍊，鐵鍊上掛著兩柄斧頭，散發令人膽寒的殺氣，坐在這對椅子的兩個男人，一黑一白，陰陽怪氣，正是掌管政府警界系統的，黑白無常。

王位左側的第三張，政府排行第五，此張椅子外型頗為奇特，像是一頭肥肥胖胖的小獸，座椅處柔軟蓬鬆，附著柔軟短毛，是一張會讓人忍不住想坐上去舒舒服服睡一覺的椅子，懶懶坐在這張椅子的人，是政府陰獸的管理者，太陰月柔。

王位的右側第三張椅子，極度的金碧輝煌，整張椅子除了以99純金打造之外，上面更掛著許多價值連城的珍珠寶石，這張椅子上的人，顯然與財富有著極大的關聯，他正是掌管政府財物的天府星，白金老人。

六張椅子，分別是天相星岳老、天同星孟婆、天機星吳用、貪狼星黑白無常、太陰星月柔，以及最後一個天府星白金老人。

世人對他們又驚又怕，稱他們為六王魂，只是究竟為了何事，六王魂到五王，與柏隻身來到此處，又有何關聯？

「跟天相老大報告一聲。」看見柏持著矛，走到了六王魂之前，率先開口的，是貪狼星黑白無常。「就是這小子對天缺老人下了最後一擊。」

「唔。」天相星岳老，那雙細長但精光凜冽的雙眼，盯著眼前的柏。「是嗎？你完成任務了？」

「是的。」柏昂然而立，經過了天缺老人一役，他感覺到自己更強了，強到足以和天相老人對視而內心不因此退縮。「我完成我的任務，請給我，我所要的。」

「喔，你要的？」岳老低沉地笑了一聲，「不妨說來聽聽。」

「我要加入軍部，我要得到政府的資源。」

「你想加入政府，想要得到政府的資源，目的為何？」岳老眼中精光再盛，這精光透著強大無比的靈壓，有如泰山崩塌，滾滾強風強壓柏而下。

但，柏依然沒有半點動搖。

他只是淡淡地笑。

「我要什麼，天相還不清楚嗎？」

「你要這個天下？」天相聲音若百年寒冰。

「我要掌握自己的命運。」柏慢慢地說著，「如果得到天下才能掌握自己命運，那又何妨？」

「如果掌握天下，才能掌握自己命運，那又何妨？哈哈哈哈哈。」天相岳老狂笑起來，「好一個那又何妨啊！」

「……」

「來人啊。」天相笑聲戛然而止，忽然手一揮，「給我拉第七張椅子過來。」

拉第七張椅子？

在六王之下的第七張椅子？

聽到這句話，現場除了天機星吳用依舊維持著一貫的嘻皮笑臉之外，所有人臉色都微微改變了。

「第七王魂？」白金老人嘴裡更碎唸著，「這可不能隨便設立啊，畢竟紫微帝君不在。」

第七張椅子，轉眼就被隨從拉了過來，這張椅子沒有絲毫特色，只是一張非常平常的木椅。

「柏，你是否像你自己所說的，如此豪氣？」岳老手掌攤開，對著那張椅子。「若是，且坐無妨。」

且坐無妨嗎？

柏看著那張普通的木椅，看似平凡無奇的外貌，卻因為它擺放的位置而產生極為巨大的改變。

這可是第七張椅子！政府與黑幫數百年的戰爭中，誰不知道六王魂，他們各擁神技，在一場又一場的血戰中，確立了政府無可動搖的優勢，如今，這第七張椅子就算只是敬陪末座，卻也是王魂之一。

坐上去之後，自己承受得住嗎？

傳說中的第七王魂之位！

這份壓力，遠比與岳老對望更強大千倍、萬倍，讓柏只能緊緊握著手上的矛，手心微顫，卻沒有辦法移動半步。

「怎麼？剛剛不是很有自信嗎？小朋友。」岳老嘴角揚起冷笑，「你要一個軍職，我直接給你一個王魂的位子，卻怕了？」

柏深深地，深深地吸了一口氣，然後右腳慢慢抬起，宛如千斤重般，踩出了第一步。

同時間，他背後的嘯風犬發出低吟，似乎在護衛，也像是在示警，示警眼前這位子，代表的不只是權位，而是危險。

即將讓柏踏入無盡深淵的危險。

「搞什麼，椅子很遠嗎？走了半天才走一步？」開口的是白金老人，他的聲音帶著戲謔，不只是戲謔而已，他身體的道行運轉，化成如流沙般的錢幣，流滿了柏的雙腳，讓柏舉步為艱。

白金老人要提醒柏，這椅子很難坐，不只難坐，恐怕連到都到不了啊。

不過柏抵抗著巨大壓力，他再次抬高了腳，踩下了第二步。

「為了你和你的嘯風犬好，別坐上來好。」月柔語氣溫柔，一如她最後破開天缺老人心防的語氣，溫暖語氣是可怕的警告。「要上這個位子，你會付出很多代價。」

而就在她提醒的時刻，她背後同時傳來S級陰獸饕餮和隱蝮的嘶嘶聲，這聲音讓嘯風犬露出獠牙，發出犬類的恐嚇聲，三大陰獸透過聲音在柏的周圍互相較勁，而柏，又往前踩了一步。

距離這張七王魂的木椅，只剩下兩步了。

「我可不像那些王魂那麼沒良心。」黑白無常的聲音是兩個人的異口同聲，尖銳有如壞掉的喇叭。「來啊，我希望你坐上來！」

黑白無常說話的同時，椅子上的鎖鍊開始游動，更發出尖銳的喀喀聲，這些聲音就像是無形的繩子，捆住了柏的脖子，然後往前拉扯。

柏的脖子甚至出現殷紅的印子，朝著椅子往前跌去，黑白無常要讓柏以非常難堪的模樣，連椅子一起摔倒。

柏右手緊抓住脖子上無形的繩子，脖子上青筋浮現，咬著牙，穩住步伐，繼續往前踩了一步。

「你們，哎，你們別這樣搞他啦。」天機星吳用扶了扶眼鏡，狀似慌張地揮了揮手。

但這一揮手，卻巧妙地解開了天府星的錢幣流沙，鬆開了黑白無常的無影繩，讓柏順利地踩了最後一步，就在椅子前方了。

而柏雙目緊盯著這椅子，這空空的椅面，代表的是政府的第七個位子，他感到一股非常強烈而古怪的熟悉感，他是不是曾經來過這裡，是不是曾經經歷過相同的抉擇？

他是不是曾經背叛了那些黑幫的幫友，曾經背棄一起並肩作戰的夥伴，甚至是辜負了某個女孩的心意，來到這位子前，猶豫著是否要坐下？

那女孩，是不是很氣，氣到終於決定要離開陰界？

而那時的自己呢？最後有實現自己來到政府的初衷嗎？

短短的一瞬間，柏感覺自己的背脊全是冷汗，此情此景他若是曾經經歷，最後的結局是什麼？

他耳中，傳來最後一個王魂的聲音，低沉充滿威嚴。

「一日坐上王魂位，終生就是王魂。」這聲音是天相，如今政府的最強地下王者。「坐上去，你將不再是過去的自己，記住。」

柏看著空空的椅面。

感受著周圍各式各樣的惡意，無法預估的陰謀，自己的意志，虧欠的心情，如冷風，如烈焰，如暴雨，包圍著自己……

然後，柏做出了決定。

一如當年那個狂暴任性的破軍，做出了即將徹底改變他陰界生命的決定。

同時間，僧幫之內，第九牆。

那個身形矮小的僧人，正盤腿而坐，閉目垂首，似乎正在沉睡。

這位貌不驚人的僧人不是別人，竟是整個僧幫傳說的起點與終點，十四主星百年來公認最強的，太陽星地藏。

他只是坐著，動也不動。

「該怎麼辦？」向來胸有成竹，詭計多端的莫言，罕見地僵直在原地，完全思考不出任何對策。

「該怎麼辦？」向來目中無人，狂霸魯莽的橫財，也同樣的一身冷汗，進退兩難。

三人之中，只剩下最不知道天高地厚的琴，她歪著頭，長髮撒落肩膀。

「這位老先生很可怕嗎？」琴說。

「廢話！他是陰界最強之人啊！」

「我覺得還好耶。」琴直直往前，就朝著地藏方向走去。「我看他睡著了，也許我們可以直接通過去……」

「別傻嘿！」「別傻嚕！」莫言和橫財同時開口，但又不敢太過大聲，深怕真的把地藏吵醒。

「別擔心啦。」琴繼續往前走著，離閉眼盤腿而坐的地藏越來越近，越來越近……

「別、別過去啊！」

「OK的啦。」琴越走越往前，轉眼，已經距離地藏只有三步距離。「他睡著了啊。」

「他是地藏啊，他是太陽星啊！」

「沒事的啦，如果不是你們提醒，我啟動了電感和電偶能力，我還感覺不到他哩。」

琴繼續往前，只離地藏一步之遙。「其實可以當他不存在吧？」

「別……」

「別擔心啦。」然後就在下一秒，琴右腳往前一踩，身形跟著往前，就這樣直直地從地藏身旁，走了過去。

琴回頭，露出調皮又可愛的笑容。「你們看，沒事吧？」

「沒事？」莫言和橫財互望一眼，「真的沒事嗎？」

真的沒事嗎？

遙遠的山巔之上，神秘的僧幫總部內，九牆之前，席地而坐的這位僧幫之主，地藏。

究竟會有什麼反應？

而琴與神偷鬼盜，意圖偷出周娘的禁咒，又會遇到什麼樣的遭遇？

地藏會醒來嗎？而當他醒來，身為陰界第一高手的他，會親自出手嗎？倘若他真的親自出手，又會有什麼樣驚天動地的威力呢？

陽世。

小靜睜開了眼，她發現自己趴在蓉蓉的床邊，她急忙抬頭，卻剛好對上一雙晶瑩剔透的眼眸。

隨即，小靜的眼眶被淚水填滿，眼前一片濕潤。

同樣的，那一對雙眼，也在瞬間被淚水填滿。

兩對眼睛，兩個人，此時此刻，只是無聲地對看著，眼淚不斷流下，流滿了整個臉頰，卻說不出半句話來。

終於，過了整整三分鐘，對面那對眼睛的主人終於開口了。

「小靜，我回來了。」她邊說邊啜泣著，「好長的夢，對不對？」

「是啊，好長好長的夢啊，蓉蓉。」小靜用力點著頭，「所以，我們夢到了一模一樣的夢？」

「嗯，如果我們夢的都一樣，也許那不是一個夢。」蓉蓉摸著她的手臂，上頭的雞皮疙瘩還在……她回想數分鐘前的小才與小傑可怕的雙斧與黑刀，還有那掌握著冰的冰山美女、操縱著蟲的帥氣男人，以及那令人感到噁心的變態律師。

「如果不是夢，代表真有那個世界？」小靜回想起來，嘴唇就微微泛白，同時間，她看見了腳邊那團溫暖的毛球，小虎。

小虎正縮在小靜的腳邊，雖然沒有看見明顯外傷，但卻能感覺到小虎的虛弱。在那個名為陰界的夢中，小虎率領群貓衝入警察局，經歷場場血戰，最後將小靜與蓉蓉帶了回來，這又會有幾分真實？幾分夢幻？

如果真有陰界這樣的地方，那琴學姐呢？還有消失已久的柏呢？他們是不是都在那個世界裡面？他們又過得好不好呢？

「不管這一切是真是假，至少，我們回來了，不是嗎？」蓉蓉伸手抱住了小靜。

「是啊，至少……我們回來了。」小靜回抱蓉蓉，蓉蓉身體真實的溫度，讓小靜的心跳減緩，安心下來。

只是，也就在這擁抱的瞬間，小靜下意識地打開了手掌，然後她發現，自己的呼吸因此而停住。

因為，她看見了自己手掌上，凝結著一行殘冰，殘冰竟然還組成了一行字：

「七殺歸位已成，明晚，我們夢中見。

您永遠的部屬，霜　敬上。」

尾聲

這裡是萊恩麵包店。

門口貼著一張「徵人，有使用烤爐，烘焙經驗者為佳」。

於是，有三個人來到這裡，準備應徵。

「你好，請問是萊恩店長嗎？我是第一個應徵者。」第一個人有著滿頭白髮，身材消瘦，看起來已經是七、八十歲的老爺爺，但精神看起來頗好，聲如洪鐘。

「你好，請問是萊恩店長嗎？我是第二個應徵者。」第二個人外表約莫五十歲，不知道是否為提升面試機率，腰部還圍上圍裙。

「你好，請問是萊恩店長嗎？我是第三個應徵者。」長髮，淘氣，喜歡側著頭，讓長髮垂落在她的胸前。

「怎麼難得徵人，就跑來三個應徵者呢？」萊恩頗為困擾，「那可以說說看你們對於麵包的想法嗎？」

「對麵包的想法嗎？」第一個應徵者，那老爺爺說，「麵包像是煉兵器，選好材料，反覆捶打，入爐熔煉，創造驚世凶兵，是為麵包！」

「呃，創造驚世凶兵？」萊恩抓了抓頭髮。

「對麵包的想法嗎？」第二個應徵者，那圍著圍群的中年人。「麵包是食物中的一種，這世界存在著千萬種食材，廚師的雙手如同魔法，可以變化出千萬種菜餚。」

「呃，我們是開麵包店，不是總鋪師開餐飲店。」萊恩困擾著又抓了抓頭髮。

「對麵包的想法嗎？」第三個應徵者，那淘氣的長髮美女說。「我喜歡吃麵包。」

「然後呢？」

「沒有然後，我就是喜歡吃麵包啊。」女孩笑起來有虎牙，非常可愛。

「可是我們是賣麵包，不是買麵包啊。」萊恩繼續抓頭髮，「喜歡吃沒有用啊，算了，那第二題，請大家用現有的材料做個麵包吧，限時半小時。」

「沒問題。」只見第一個老爺爺拿起麵團，並從背後抽出一根比人還要高的大鎚子，鎚子上布滿了兵器傷痕，威風凜凜，接著老爺爺開始猛力擊打起麵團來。

每打一下，整個麵包店都因此震動，彷彿什麼巨大凶獸，就要從麵包店破柙而出。

「沒問題。」第二個應徵者雙手打開，各式各樣稀奇古怪的食材和調味料，盡在他手上。

然後他開始大發靈感做菜，酒呑蜻蜓、悲傷肉圓、劇毒臭豆腐，各式各樣的食材如春雨落在池塘，不斷翻騰跳出。

「沒問題。」第三個應徵者，可愛高挑的長髮美女，就這樣坐著，帶著可愛笑容，動也不動。

轉眼，半小時過去。

「時間到！」萊恩一聲令下，「請各位端上作品。」

只見第一名應徵者拿出了他的作品，那是一個令人驚嘆的麵包，長如手臂，刀刃鋒利，透出驚世駭俗的殺氣。

「這是我的麵包作品，叫做七殺刃麵包。」第一位應徵者說。

「作品很好，但麵包是用來吃的，不是用來幹架的啊……」萊恩看著那麵包，一方面讚嘆麵團竟然可以改變成這樣？一方面感到膽戰心驚。

第二位應徵者端出了一道菜，菜上共有七七四十九種顏色，有鮮紅、有柔綠、有亮黃，更有深藍，各色食材爭奇鬥豔，美不勝收。

「這是我的作品，春天。」

「那，麵包在哪？」

「我用了九十九種食材，麵包是其中一種喔。」

「可是我是開麵包店的啊，麵包只佔百分之一，這像話嗎？」萊恩張大口，啞然失笑。

第三位應徵者，依然坐著微笑。

「麵包呢？」萊恩問。

「嗯，我等著品嚐呢。」女孩微笑。

「對不起馬上送上來，啊，不對！不對！」萊恩抓了抓頭髮，「我快要搞不清楚誰才是主考官了啊。」

於是，萊恩決定宣布通過面試名單。

「第三名是女孩，選她的好處是她真的很可愛，麵包店生意一定會變好。」萊恩說，

「不過我怕麵包店會被她吃垮，只好把她放在第三名，對了，她的名字叫做……琴！」

女孩竟然是琴，她點頭微笑。「我也有事要忙，暫時沒辦法來當麵包店員工。」

「第二名是圍裙廚師，第二名的原因是他真的很會做創意料理，但我怕他來麵包店之後，會把這裡改成宴會餐廳。」萊恩說，「對了，他的名字是……天廚星冷山饌！」

冷山饌用圍裙擦了擦手，露出微笑。「我心未死，還想回到陰界繼續我的美食戰鬥，放心，我不會來當麵包店員的。」

「第一名是老爺爺，他的麵包做起來殺氣十足，剛好拓展本店業務，除了麵包之外順便供應黑幫兵器，這也是我一直想做的。」萊恩微笑，「恭喜老爺爺，啊不對，該稱呼你為，巨門星天缺老人。」

「不客氣。」天缺老人把玩著手上的麵包七殺刃，「老夫確實從陰界退休了，來這裡當當店員，打造一些殺人不眨眼的麵包兵器，不失為退休頤養天年的好選擇。」

「對了對了，為了慶祝麵包店找到了人。」萊恩說，「就請天缺老人唸一段堪稱『絕對不會準』的下集預告吧。」

「好。」天缺老人接過了那張紙，臉上表情微微改變，然後笑了。「沒想到，也輪到他啦。」

「什麼輪到他？」冷山饌和琴同時問。

「天機不可洩漏啊。」天缺老人搖頭。

「什麼天機不可洩漏，這是下集預告耶！」「對啊，太過分了吧！」

天缺老人沒有說話，只是閉著眼睛，想著接下來該熔煉，啊不，是烘焙什麼樣的麵包呢？是破軍之矛、雷弦、天相鼎，還是記憶風鈴呢？

不過就在他閉目思考之際，手上的紙條露出了小小的一角。

而那小小的一角，露出兩個字，那唯一的兩個字寫的是：

滅僧

陰界九，下集待續。

《陰界黑幫第九部》．完

Div作品 15

陰界黑幫 09

國家圖書館出版品預行編目資料

陰界黑幫 . 09，／ Div 著.
一 初版. 一 臺北市：春天出版國際，2020.03
面；　公分. 一（Div 作品；15）
ISBN 978-957-741-259-1（第9冊：平裝）

857.7　　109002237

ISBN 978-957-741-259-1
Printed in Taiwan

作者	Div
封面設計	克里斯
內頁編排	三石設計
總編輯	莊宜勳
責任編輯	黃郁潔
出版者	春天出版國際文化有限公司
地址	台北市信義路四段458號3樓
電話	02-7718-0898
傳真	02-7718-2388
E-mail	frank.spring@msa.hinet.net
網址	http://www.bookspring.com.tw
部落格	http://blog.pixnet.net/bookspring
郵政帳號	19705538
戶名	春天出版國際文化有限公司
法律顧問	蕭顯忠律師事務所
出版日期	二〇二〇年三月初版
定價	320元
總經銷	楨德圖書事業有限公司
地址	新北市新店區寶興路45巷6弄6號5樓
電話	02-8919-3186
傳真	02-8914-5524